JN124304

CHARACTERS
登場人物紹介
シルビア
優しく穏やか(?)な
お姉さん。
知らない人には
ツンツンしがち。
エイシャル
不遇職「生産者」を
与えられた本作の主人公。
辺境に飛ばされたが、
覚醒した能力で
ほのぼのライフを目指す。

クレオ
オレ様口調の
男の子。
ビビアンとは
喧嘩ばかりだが、
実は仲良し。
サイコ
魔王軍に
関わっていると
噂される謎多き男。
ビビアン
天真爛漫な
女の子で
みんなのアイドル。
算数が
ちょっぴり苦手。
ゲオ
SSSランクパーティ
『牙狼』のリーダー。
切れ者でイケメン。

第一章　いつも通りの日々

『生産者《せいさんしゃ》』という珍しい職業を与えられた俺――エイシャル・ベルベラットは家族に嫌われて辺境に飛ばされたが、覚醒《かくせい》した能力でその地を開拓。やがて大陸を統《す》べる制王《せいおう》に上り詰めた。

仲間達と様々なイベントを楽しむ平穏な生活を過ごしていたものの、魔王軍に闇落《やみお》ちした冒険者パーティ――ファイナルによる冒険者狩り事件が発生する。

なんとか解決したとはいえ、魔王軍の脅威《きょうい》は消えていない。

ただ、ずっと怯《おび》えているわけにもいかない……というか、楽天的な性格の俺はいったん魔王軍の事を忘れて、ほのぼのとした日々に戻っていた。

俺は朝のミントティーを優雅に飲んでいた。

今日は辺境のみんなの仕事は休みだ。

オレンジ髪の女の子ビビアンは、ミニミニミニドラゴンという種族のリリアをもふもふしながら、リビングの窓の側で日向ぼっこしている。

彼女より一つ年下の少年クレオは、主に家の中の仕事を担当するピンクツインテールのエルメスと、このあたりで一番大きい町——セントルルアに出かけていた。

氷竜《ひょうりゅう》のフレイディアと金髪にアイスブルーの瞳の美青年ルイスは、秘密の小部屋でお茶会をするらしく、ミントティーとクッキーを持っていった。ちなみに秘密の小部屋がなんなのかは俺もよくわかっていない。

溶岩竜《ようがんりゅう》のヘスティアはソファで漫画本『アホぼん』を読んで笑っている。

俺もゆっくりと過ごそうと思っているが、普段仕事ばっかりしている生産バカなので、何をしたら良いのかわからない。

うんうん悩んでいると、うちのパーティで戦闘を担う通称ギルド組のリーダー、アイシスが起きてきた。

「おぉ、アイシス！　おはよう！　今日は暇《ひま》か？」

「暇ぁ？　ねーよ、そんなの。今日二つデート入ってっからさ」

「そうか……」

「エイシャルも誰か誘ってデート行けよ。ほら、『オペラの華《はな》』のチケット！」

アイシスはそう言って俺にオペラのチケットを渡し、去っていった。

二枚入っている……ど、どうしよう⁉

女の子をデートに誘った事のない俺はかなり焦った。

誰を誘えば良いんだ……

「あら、エイシャル、おはよう」

辺境のよきお姉さんで最初に俺の仲間になってくれたシルビアが声をかけてきた。

俺は咄嗟《とっさ》にチケットを隠して返事をする。

「お、お、おはよう！」

「あら、何を隠したの？」

「いや、なんでもないよ」

「いいじゃない、見せてよ？」

なおも食い下がるシルビアに観念して、俺はうつむきながら言う。

「実は……カクカクシカジカで……」

「ふーん……じゃ、私と行かない？」

「えっ⁉」

俺はびっくりして顔を上げた。

「なーに？　私とじゃ嫌なのかしら？」

「いや！　シルビアが嫌なんじゃないかって……」

「ふふふ、そんな事ないわ。着替えてくるわね」

シルビアはエプロンを取って着替えに部屋に向かった。

えーと……あ、俺も着替えなきゃ！


俺は迷いに迷った末に、黒と赤の刺繍《ししゅう》がしてあるクリーム色のジャケットに黒のシャツ、黒のズボンに着替えた。

再びリビングに下りると、シルビアが薄紫のワンピースドレス姿で待っていた。

「え、と……じゃあ、い、行く？」

「えぇ、楽しみだわ、『オペラの華』。ずっと見たかったのよ」

あ、なーんだ、それで俺を誘ったのか……少しだけ肩の荷が下りた俺は、シルビアと馬車に乗ってセントルルアに向かった。


アイシスがくれたチケットは劇場の二階にあるボックス席だった。

結構高いんじゃないだろうか、この席……？

隣を向くと、シルビアが俺に微笑んだ。

こうして二人きりでいると、まるでデートみたいだ……いや、デートなのかな……？　よくわからない。

そんな事をぐるぐる考えているうちに『オペラの華』はあっという間に終わり、俺達は劇場を出た。


帰り道、隣を歩くシルビアが寒そうにしているのに気付く。彼女はノースリーブのワンピースドレスから伸びた腕をさすっていた。

えーと……こういう時って、俺のジャケットをそっと……いや、でもそれってイケメンがやるやつなんじゃ……えぇーい、どうにでもなれ！

「シルビア、これ……あ、その、良かったら……」

俺がジャケットを差し出すと、シルビアは笑みを浮かべた。

「ありがとう、エイシャル。嬉しいわ」

「い、いや、良いんだよ」

「さぁ、明日からまたビビアンとクレオのお世話に家事に……大変だわ。もちろん、エイシャルもね」

俺のジャケットを羽織《はお》ったシルビアが言った。

そして、俺達はいつもの辺境の敷地に帰り、また賑《にぎ》やかな日々に戻っていった。

◇　◇　◇

翌朝、俺は仲間達の予定を書き込んだスケジュールボードをリビングにかけた。

というわけで、今日も一日がスタートする。俺はツルハシを持って裏山に向かった。

生産者のスキル『採石《さいせき》』のレベル5を発動して、アルマカンを採《と》る。昼前には三十個ほど採石できたので、セントルルアの町に売りに行く事にした。


もはや常連となったラーマさんの道具屋に行くと、オーナーが同じで繋《つな》がっている喫茶店ケル・カフェの廊下からラーマさんが現れた。

「よう、エイシャル！　今回は売りか？　買いか？」

「売りかな。質の良いアルマカンを持ってきたんだけど」

俺はカウンターにアルマカンを出していく。

「これは良いアルマカンだ……！　金貨三十枚でどうだ？」

「それでいいよ」

受け取った金貨を仕舞っていると、ラーマさんが別の話題を口にした。

「しかし、ファイナルが制王様のパーティに倒されて平和になったかと思いきや、そうでもないみたいだなぁ……」

「え？　他に闇落ちしたパーティが現れたのか？」

まさか牙狼《がろう》……!?

牙狼とは俺のパーティを除けば、このガルディア王国で唯一のSSSランクパーティだ。ちなみに俺が制王である事は周囲にあまり知られていない。

「それが、ここだけの話、最近魔王軍に闇落ちするパーティが増えているらしいんだ。もちろん、牙狼レベルのパーティはいないがな。とはいえチリも積もれば山となる、だ……」

「なぜ、そんなに闇落ちするんだ？　魔王軍に入る事にそこまでのメリットがあるのか？」

俺が尋ねると、ラーマさんは首を捻《ひね》った。

「さぁ……それはわからねぇ。やはり、強大な力に魅入《みい》られているんじゃねぇか……？」

俺はその話を聞き、ますますわけがわからなくなった。

しかし、そんなに考え込んでもいられないのでケル・カフェでケル・コーヒーを一杯飲むと、辺境の敷地へ帰った。

到着すると、ちょうどアイシス達ギルド組が戻ってきたところだった。

「エイシャル！　今日も稼いできたぞー！」

「おう！　お帰り！」

俺がそう返すと、アイシスは俺に近づいてきて言う。

「エイシャルに言おうかどうしようか、迷っていたんだけど……」

「なんだよ？　水臭いな、言ってくれよ」

「いや、前に俺はファイナルのドリューってやつと戦って勝っただろ？　ドリューは捕まる間際に、『サイコ様……』って言ったんだよ。ダリアが相手したサスペもそう言ったらしい……誰だろうな？　サイコって……」

確か今の魔王大陸の長《おさ》、第１５３代魔王はビルドラ・ルーファスだ。

「まぁ、大した事じゃないんだろうけど、一応言っとこうと思ってさ」

アイシスはそう言って離れていった。

ファイナルが口にしたサイコという名前。

闇落ちするパーティ。

これが意味するのは一体なんなのか？

ダメだ、全くわからない。

そんな俺の悩みなどどこ吹く風で、その日も賑やかな夕食が始まった。

「きょうリリアとうら山の上とんだのだー！」

ビビアンが胸を張って言うので、俺は鯵《あじ》の蒲焼《かばや》きを食べながら彼女の頭を撫《な》でる。

「へー！　ビビ凄《すご》いなぁ！」

「オレさまもそらとびたいぞ！」

クレオが俺に泣きついてくると、シルビアが彼を援護する。

「かわいそうよ、エイシャル。クレオちゃんにも空飛ぶ三輪車とか作ってあげて」

「そ、そんな簡単に空飛ぶ三輪車なんて……」

いくら生産者のスキルが優れているとはいえ、そんな都合よく作れたら奇跡だ。

「うぇーーーーーん！！！」

クレオが本格的に泣き始めた。

「わ、わかったよ、クレオ！　作ってみるから！」

「ほんとうか⁉」

「うんうん。あ、その代わり、にんじん残すなよ」

俺は闇落ちパーティの事をすっかり忘れて、クレオの空飛ぶ三輪車に頭を悩ます事になったのだった。

◇　◇　◇

次の日。

朝、スケジュールボードをかけると、俺は魔道具の部屋に向かった。

もちろん、クレオの空飛ぶ三輪車を作るためだ。

試行錯誤して、魔導力《まどうりょく》モーターを作り、それをブラックペガサスというモンスターの翼と組み合わせて、三輪車に埋《う》め込んだ。自走式で空が飛べる三輪車――ガオガオー号の完成だ。

俺はすぐにクレオとビビアンのための部屋――通称ワクワク子供部屋に持っていって、クレオを呼ぶと、なぜかビビアンもリリアを連れてついてきた。

クレオは早速外に出て自動で走るガオガオー号に乗り、大空に飛び立つ。ビビアンも負けじと、リリアに乗って空に駆け上がった。二人は敷地の上をぐるぐると回り始めた。

二人は一緒に飛んだり競争したりして空を楽しむと、おやつの時間に屋敷に戻ってきた。

「エルメス、オレさまそらとべるぞ！」

「わー！　凄いですです♡」

エルメスが褒めるとビビアンが対抗する。

「ビビだって、リリアにのってとべるもん！」

「よしよし、二人とも凄いぞ！　おやつの前に手を洗ってこいよー」

俺がそう言うと、二人は仲良く手を洗いに行った。

こんな平和な日がいつまでも続くといいのだが……

そう思いながら、夕食をみんなで食べたのだった。

◇　◇　◇

次の日の朝、俺は相変わらずスケジュールボードをかけに行く。

エイシャル　：ハーブ園
ロード　　　：屋敷の補修
シャオ　　　：屋敷の補修
シルビア　　：家事全般

リリー　　：家事手伝い
ビビアン　：リリアともふもふ
ビッケル　：畑管理、ミントティー
ラボルド　：果樹園管理、ケル・コーヒー管理
エルメス　：家事アシスト
ルイス　　：牧場管理、秘密の小部屋
クレオ　　：ガオガオー号で遊ぶ

【返答欄】
エイシャル：ハーブ作るぞ！
ロード　　：屋敷の補修……か……
シャオ　　：やりますぜ！
シルビア　：うーん、もうすぐ雨かしら？
リリー　　：今のうちにシーツ干さなくちゃですわ！
ビビアン　：リリアともふもふ⁉
ビッケル　：ミントティーいかがですかな⁉

ラボルド　：ケル・コーヒーいかがでありますか？
エルメス　：風魔法と水魔法で、お洗濯ですです
ルイス　　：ふふふふふ……秘密の小部屋……
クレオ　　：ガオガオーごうはっしん！

ここに書かれていない他のメンバーは、ギルド部屋と呼ばれる建物で各々のスケジュールを決めている。彼らギルド組は新しいダンジョン――サイネル国の魔女《まじょ》の森《もり》ウェステルという場所に行くらしい。

俺はハーブ園に向かった。『ハーブ作り』というスキルの新しいレベルが解放されていたので、試してみるつもりだった。

ハーブ園に到着し、空いている所で今回解放されたレベル2を発動すると……

ローズマリーが生えた！

ローズマリーかぁ……肉料理とか魚料理に使えるかな？　そんな事を考えながら収穫した。

シルビアやリリー、エルメスに持っていくと、鶏肉をローズマリーで風味付けすると言って、三人はとても喜んでいた。

再び敷地に出ると、俺が作った魔法アイテムでちびっ子戦士ガオガオーに変身しているクレオと会った。

「エイシャル！　オレさまもダンジョンいきたい！」

ちびっ子戦士クレオは、ちびっ子ソードを振り回しながらそう言った。

うーん……確かにクレオの武器はダンジョンに行く事も想定して作ってはいるのだが……

「んー、アイシスに相談してみようか」

俺が言うと、クレオは元気よく頷いた。

ギルド組が帰ってきた時に、俺はアイシスとダリアを呼んで説明した。

「……そんな事情で、クレオもダンジョンに行きたいって言うんだよ。どこか簡単な場所はないかな？」

「まぁ、天空の塔の三階までとか、魔女の森の最初らへんとかなら良いか……？」

「そうねぇ……あぁ、雑魚《ざこ》モンの森《もり》だったら、クレオとビビアン連れていけるんじゃない？」

ダリアの言葉に、アイシスが手を打った。

「あ、雑魚モンの森ね！　良いかもしんねー！　そうとなればクレオ、外で練習だ！」

「俺に剣で思いっきり斬り込んでこい！　思いっきりだぞ！」

外に出ると、アイシスはそう言って金獅子刀《きんじしとう》を構えた。

「わかったぞ！　ていっ！！！」

クレオは剣を乱れ打ちする。

「おっ！　おっ⁉　良いぞ、クレオ！」

アイシスは金獅子刀で全ての攻撃を防ぎながらも、そう言った。

こちらも俺があげたアイテムで変身したビビアン――プリティビビアンがリリアを連れてやって来た。

「何してるのだ？」

「ダンジョンに行く訓練よぉー」

ダリアが教えると、ビビアンが手を挙げた。

「ビビもしたい！」

「じゃあ、ビビアンは私に魔法を放ってみてちょうだい」

「わかった！　プリティア～ブラック！」

ビビアンはくるくると回りながら、プリティアメロディスティックから闇魔法を放った。

ダリアは軽くジャンプしてそれを避ける。

「もっとよ、ビビアン！」

「むー！　プリティアブルー！」

バトル練習が始まったので、俺は屋敷に一足先に戻った。

屋敷のキッチンからはローズマリーの香ばしい匂いが漂《ただよ》っている。

俺は混まないうちに風呂に入った。

◇　◇　◇

翌朝、スケジュールボードをかけて、俺はダンジョンに行く準備をする。

クレオは変身ベルトでちびっ子戦士ガオガオーになり、ソファの上でちびっ子ソードを構えたり、振ったりしている。

「クレオ！　がんばるのだ！」

「わかったぞ！」

今回は留守番のビビアンの激励にクレオが返事をして、ソファから華麗《かれい》に飛び下りた。

準備が整ったところで、クレオ、ジライア、ネレ、サシャ、俺で、雑魚モンの森に向けて出発した。雑魚モンの森はガルディアの町セントルルアの近くにあり、初心者用のダンジョンとして人気だ。

俺達がセントルルアを通り過ぎて、雑魚モンの森に辿り着くと、早速ブラックウルフ三体とネコット二体が現れた。

ブラックウルフの鳴き声には聴覚異常を起こす作用があり、ネコットの爪には毒がある。

「爪と鳴き声に気をつけろよ！　俺、クレオ、エイシャル様は前衛！　ネレ、サシャは後衛！　行くぞ！」

ジライアが指示を飛ばすと、俺は自分の武器である魔死神剣《ましんけん》を構える。

「ちびっ子モード！」

クレオがちびっ子ソードを掲げてそう言うと、ブラックウルフがクレオと同じサイズとレベルになった。

「へぇー！　凄い能力ねぇ」

サシャが感心している。

クレオは小さくなったブラックウルフにちびっ子ソードを振るう。

あっという間にブラックウルフを退治したクレオは、ネコットにも斬りかかっていく。

サシャとネレの援護もあり、三分もかからずにモンスターを倒すと、クレオは自慢気にちびっ子ソードを鞘《さや》にしまった。

「やるな！　クレオ！」

ジライアがそう言ってクレオの頭を撫でる。その後も、ちびっ子戦士ガオガオーのクレオは大活躍した。


周囲のモンスターを倒し終え、クレオも満足してそろそろ帰ろうとしていた時……

「危ない！」と言ってジライアがクレオを抱き上げ、横っ飛びに飛んだ。すると、クレオがさっきまでいたところに矢が突き立った。

「誰だっ⁉」

俺が叫ぶと、木の陰から男女四人が現れた。彼らの目は血走り、髪は逆立っている。

闇落ちしたパーティか⁉

「君の死体なら、もしかしたら……」

中央のリーダーらしき女がクレオを見ながらニヤリと笑い、そう言った。

「クレオ！　後ろに下がっていろ！」

俺はクレオを下がらせ、ジライア、サシャ、ネレと武器を構えて立つ。

闇落ちしたパーティとのバトルが始まった。

俺は魔死神剣で炎神を召喚して相手の男に火を放たせ、なんとか押した。ジライアがリーダーらしき女の肩を双頭刃《そうとうば》ダークマターで斬り裂くと、三人はその女の号令で後退する。

不利だと感じたのだろう。

「くそ……あの子の死体さえ手に入れば……私は……またね、坊や……」

リーダーらしき女が不気味な事を言って、そのパーティは転移魔法で消えていった。

俺達はダンジョンを切り上げて辺境の屋敷への帰路についた。

「雑魚モンの森も危ないな……闇落ちしたパーティと遭遇するんじゃ……ギルド組はともかく、クレオとビビアンは連れていけないぞ」

俺が帰りの馬車の中で言うと、ジライアは頷く。

「ふむ。しばらくはダンジョン・ガルディに行きましょう。あそこはダンジョンに入るのに、受付が必要ですから、闇落ちしたパーティは入れませんよ」

「だけど、俺達が制王組パーティだとバレたら……」

「ははっ！　誰も子供連れのパーティが制王組とは思わんでしょう。二、三階までしか行きませんしね。ビビアンとクレオと一緒じゃ」

「なるほど、それもそうだな。じゃあ、明日はビビアンも頼むよ」

しかし、どうして、あのパーティはクレオを狙ったんだろうか？

そんな事を考えているうちに、屋敷に着いた。

「クレたん、おかえりですです♡」

エルメスがクレオを抱っこする。

「オレさまつよいんだぞ！」

「はいはい～♡」

「あー、腹減ったな。エルメス、今日の夕飯は何？」

俺が尋ねると、彼女が答える。

「今日は豚肉のクリームソース、トマトと大葉のサラダ、コーンスープですです～」

「美味しそうだなぁ。よし、クレオ、先に風呂入るぞ」


その後、今日は別行動だったアイシス達と敷地組が帰ってきたところで、夕飯を食べる事に。

「どうでしたの？　ダンジョンは？」

家事万能な美女リリーの問いを受け、ジライアが説明する。

「闇落ちしたパーティに遭遇しましてね。明日からはダンジョン・ガルディに行く事になりましたよ」

「まぁ、そうでしたの！」

「物騒な世の中になったわね……」

リリーが驚きの表情を浮かべると、シルビアがそう呟《つぶや》いた。

「みんな、これから出かける時はギルド組を最低三人は連れていってくれ。ヘスティアでも良いけど、あいつ働かないしな」

俺が漫画ばかり読んでいる溶岩竜について言うと、ダリアが口を開く。

「ギルド組に入れてみればぁ？」

「うーん、そうだなぁ。犬猿の仲のフレイディアとかち合わないようにして、そっちに入れてみるか。明日話してみるわ」

夜も更《ふ》けてきたので、今日はそれぞれ寝室に向かった。

闇落ちしたパーティ、か……面倒くさいご時世になったもんだ。

◇　◇　◇

翌朝、いつも通りスケジュールボードをかけて一日が始まった。

ビビアンのダンジョンデビューには、俺、ヘスティア、アイシス、ニーナがついていく事になった。俺とアイシスが前衛、ビビアンとニーナが後衛、ヘスティアは自由に動く。

ビビアンはリリアも連れていくらしい。

ダンジョン・ガルディは人で溢《あふ》れていて、相変わらず賑やかだったが、そのおかげで目立つ事はなかった。

ダンジョンでは、次々と現れるモンスターをヘスティアが瞬時に全部焼き殺すので、ビビアンや他のメンバーにも戦わせるように言った。

その後、ビビアンは的確な攻撃を放ち、たまにリリアがモンスターに突撃して、後衛からモンスターを倒していった。

「ビビ、やるなぁ！」

アイシスが言うと、ビビアンが胸を張る。

「ビビ、つよい！　えっへん！」

そんなこんなで調子に乗った俺達はダンジョン・ガルディの地下五階まで行き、楽々攻略して地上に戻った。

辺境の屋敷に帰り着くと、ビビアンはみんなにダンジョン・ガルディの地下五階まで行ったと自慢した。

「あら、凄いわね、ビビ」

シルビアがカレーを煮込みながら言い、クレオが騒ぎ出す。

「オレさまだって、ダンジョンいったぞ！」

「まぁまぁ！　クレオ、ビビアン、これからはたまにダンジョンに行く事もあると思う。二人の武器と変身道具はおもちゃのように見えて、結構本格的だ。ジライア達からたくさん学んで強くなれよ。期待してるぞ！」

俺がビビアンとクレオに言うと、二人は頷いた。

「わかったのだ！」

「オレさまだって！」

そこに他のみんなが帰ってきたので、夕食のカレーとナンを食べる事にした。

「私、チーズナンにするわ！」

「私も」

サシャとネレがチーズ入りのナンを取った。みんなに人気のチーズ入りナンはすぐになくなり、出遅れた俺は仕方ないので普通のナンを食べる。

「そういえば、来週セントルルアの町でバザーがあるですです～♡」

エルメスの話に興味が出て、俺は尋ねる。

「へぇ？　バザーって事はつまり、要らない物を売ったりできるわけ？」

「ですです♡　セントルルアの役場にバザー申請したら、お店を開けるみたいです！」

するとアイシスが乗ってきた。

「良いじゃん！　俺さぁ、要らないシルバーアクセサリーが山ほどあるんだよな。捨てるにはもったいないしさぁ」

その言葉を聞いて、リリーやビビアン、クレオまでが手を挙げる。

「あら、私も要らない布とお洋服がありますわ」

「ビビ、ふるいおもちゃ！」

「オレさまも！」

結構みんな要らない物があるようなので、俺は言う。

「わかったよ、じゃあ、明日バザーの申請にセントルルアに行ってくるよ。みんな、要らない物を整理しといてくれ」

俺の物も古いベルトとか、刀鍛冶《かたなかじ》で試しに作った剣とか、結構良い値がつくかもしれないな。

◇　◇　◇

翌日、役場に着くと、バザーの申請をする人々が行列を作っていた。

朝一番で来れば良かったな……

とにかく、三十分ほど待って俺の番になった。

「お待たせいたしました。こちらに、出店される品物をわかる範囲でお書きください。店を出す場所は抽選となりますので、当日にご案内いたしますね」

係員の言う通り申請を済ませて屋敷に帰ると、玄関先の庭には、みんなの要らない物がずらりと並べてあった。

アイシスのシルバーアクセサリー。リリーの作った子供服と布。ロードのブーツコレクション。ダリアのイヤリング。シルビアの古い調理器具。ジライアの古い鎧《よろい》。ビビアンとクレオの古いおもちゃ。俺の刀鍛冶の試作品などなど……

百点以上はあるので、店を出す事にして良かったと思った。


翌週、荷物を男どもで積み込み、セントルルアの町に向かった。

町はいつも以上にごった返していた。

どこに荷物を持っていけばいいかわからない俺達がうろついていると、係の女の人が声をかけてくれた。

彼女の指示に従ってゴザの上に商品を並べていき、制王組のバザー店が完成した。

すると、リリーが作った子供服はあっという間に売れた。

ダリアのイヤリングやアイシスのシルバーアクセサリーなども中々好評で、二人は率先して接客していた。

俺の刀鍛冶の試作品もポツリポツリと冒険者に買われていっている。

ビビアンとクレオのおもちゃも同じく。

売れないのはジライアの古い鎧と、ロードのブーツコレクション、シルビアの調理器具だ。

「な、な、なんで売れないんだ!?」

ジライアが頭を抱えていると、彼に好意（？）を持っているらしいルイスが言う。

「ジライアさん、僕が全部買い取ってあげますから……」

「リリーさんの子供服はすぐに売れたというのに！」

ジライアはそんなルイスをガン無視した。俺は苦笑して言う。

「ジライアはガタイが良いし、サイズが合う合わないがあるんじゃないか？　ロードのブーツも、物は良いけど、やっぱりサイズが……」

今度はシルビアが呟く。

「私の調理器具も売れないわぁ……」

「調理器具なんかは、みんな新しいの買うのかな？」

とりあえず、残っても仕方ないので、ロードのブーツを二足セットで割り引くなど、俺達は必死に売った。ジライアの鎧も、ある冒険者が大人買いしてくれてだいぶ減った。

「調理器具……」

ネレが残念そうに呟いてシルビアを見ると、彼女はご立腹のようだ。

「これって、すごく良い調理器具なのよ!? みんな見る目がないわね！ 良いわよ、持って帰るから！」

バザーの後半戦、どうせ客足もまばらになってきたので、俺達はシャオが持ってきたワインを飲み始めた。

「全く、ワイン飲んで店を出すなんて、非常識ですわ！」

「まぁまぁ、店はリリーに頼んだ！」

調子に乗って飲み過ぎた俺は、帰る頃にはすっかり出来上がってしまった。

結局、シルビアの古い調理器具は売れ残ったとさ。

◇◇◇

次の日、昼頃に起きると、みんなはまだ寝ていた。

俺はスケジュールボードに『休み！』と大きく書いて壁にかける。

そこにヘスティアが現れてソファに座り、『アホぼん』を読み始めた。

「ヘスティア、暇ならケル・カフェに行かないか？」

「ケル・カフェとはなんぞ……？」

「コーヒーを飲むところだよ。確か、漫画本や雑誌も置いてあったんじゃないか？」

俺がそう答えると、ヘスティアは急に立ち上がった。

「早く用意せよ！　行くぞ！」

ヘスティアはわりと単純なようだ。

「闇落ちパーティに会ったら面倒だから、町まで俺を乗せて飛んでくれるか？」

「ふむ。まぁ、よかろう」


ケル・カフェに到着し、ラーマさんにいつもおろしているケル・コーヒー豆を渡して、俺達は席に座った。ヘスティアが漫画本を物色している間に、俺はケル・コーヒーをアイスで二つ頼んだ。

すると――

「エイシャルか……」

げっ！　牙狼のリーダー、ゲオだ。

俺はどうもコイツが苦手だった。

「なんの用だよ？」

「別に……コーヒー飲みに来ただけだ……」

ゲオはそう言って俺達の隣の席に座った。今日はゲオ一人のようだ。

「…………」

「…………」

俺とゲオは沈黙する。

「千羽《せんば》が闇落ちしたぞ……」

ゲオが唐突にそう言った。

千羽は確か、牙狼と仲のいい兄弟パーティじゃなかったか？

「そうか。残念だな」

「魔王軍は死体の悪循環を利用して次々と闇落ちパーティを作っている……俺はもちろん、千羽を倒すつもりだ」

「倒すって……お前の弟分みたいなパーティじゃないか」

「関係ない。闇落ちして、敵に変わっただけの事だ……」

「なんだそれ。俺は自分のパーティメンバーが闇落ちしても、救う手段を考えるぞ」

「だから、甘ちゃんだと言われるんだろう。俺は道を外れたやつを救う事など考えない。時間の無駄だ」

ゲオが言い、席を立った。

なんだよ、道が分かれたら即敵かよ！　俺は……俺は、そんな風には割り切れない。

ん？　そういえば、ゲオが言っていた死体の悪循環ってなんだ？

「主人！　いい漫画を見つけたぞ！」

そこでヘスティアが席に戻ってきた。

「お、おぉ、そっか……良かったな……」

「どうした、主人？」

「いや、なんでもないよ。俺は追加でティラミスでも頼もうかな」

一時間ほどケル・カフェでくつろいで、俺達は屋敷に帰った。

パーティ千羽……ファイナルの時のように戦う事にならなければ良いが……

◇　◇　◇

数日後の夕方――

ヘスティア、クレオ、アイシス、サシャ、ネレのギルド組の一部が帰ってきたのだが、何やらヘスティアが黒と白のボーダーが入ったモンスターの卵を抱えていた。

「よぉ、エイシャル！」

手を挙げたアイシスに俺も同じように返すと、視線を卵に移す。

「凄いな、またモンスターの卵かよ」

「ダンジョン・ガルディアの地下十階で見つけたんだよ」

「へー！　クレオ連れでそんな階まで行ったのか！」

俺が驚いていると、クレオが胸を張って言う。

「オレさまつよいんだぞ！」

「わかってるって。じゃあ、ジライア達が帰ってくる前に風呂に入ってくれよ」

それからしばらくして、ジライア、サク、ニーナ、ダリア、フレイディアが帰ってきた。

モンスターの卵はまだ孵化《ふか》しないようなので、夕飯を食べる事にした。

「そういえば、千羽が闇落ちしたってほんとっ⁉」

ニーナが言う。

「あ、あぁ……ゲオが言ってたから、間違いないと思うよ……」

俺が答えると、ジライアが残念そうな表情を浮かべた。

「そうですか……ゲオとの付き合いがあったので私も千羽とは知り合いですが、複雑ですなぁ……」

「なんとか、闇落ちしたパーティを助ける方法はないのかな？」

「無理よぉ、エイシャル。だって、闇落ちパーティは自分の意志で魔王軍に入ってるんだもの。説得なんて聞かないわよ」

ダリアの言う通りだ。

「闇落ちしていく理由もわからないしなぁ……」

「ねえ、もっと明るい話題にしましょうよ！」

俺がなおも悩んでいると、シルビアがクレオに唐揚げを食べさせながら言った。

すると、ロードが珍しく口を開く。

「そ、そういえば……」

「なんだ、ロード？」

「いや……ビリティ国のラポールの町に、ゴーレムバトル賭博場《とばくじょう》ができたんだ……み、みんなで行かないか……？」

どうしてそこまで照れる必要があるのかわからないが、ロードは顔をうつむけながらそう言った。

◇　◇　◇

翌日の朝、リビングに行くと、モンスターの卵が孵《かえ》っていた。

その中から現れたのは……ゼブラペガサスだ。白と黒の模様が特徴で、白魔法と黒魔法を操る。

ゼブラペガサスは小さな縞々《しましま》の翼をパタつかせて、リビングをヒョロヒョロと飛んでいる。

これは、女性陣がうるさくなるぞぉ……

早速起きてきたシルビアが「可愛い！」と叫び、続いてやって来たリリーとエルメスも空中を飛ぶペガサスのあとをついて回った。

「あのー……朝食……」

「昨日の余りがあるから、適当に食べちゃって」

俺の言葉に、そっけなく返すシルビア。

「ミルクあげるですです～♡」

「名前何にしますの？」

「メスみたいだから、しま子なんてどうかしら？」

エルメス、リリー、シルビアはすっかり夢中だ。それにしても、しま子って……

俺が昨日の残りの鹿唐揚げとご飯を食べていると、他のメンバーも続々と起きてきた。

みんな、しま子に集まっている。

「ほら、みんな！　スケジュールボード見て！」

俺はそう言うが、誰もしま子の側を離れようとはしなかった。

「ペガサスですかぁ！　大きくなったら、強いですぞ！」

「ゼブラペガサスだし、希少価値もありますよね」

ジライアとサクが興奮気味に言うと、ダリアもうっとりとした声を出す。

「可愛いわぁ……このままでいてくれないかしらぁ……？」

無理だろ！　と俺は心の中でツッコんだ。

案の定、数日後にはしま子は大きくなり、モンスター牧場に放つ事になった。

特にリリーは家で飼えない事を残念がっていたが、仕方ない。

◇　◇　◇

ある日、みんなでロードの言っていたビリティ国のラポールの町に向かった。

町は賑わっていて、特にゴーレムバトル賭博場からは罵声《ばせい》と歓声が溢れている。ここはその名の通り、ゴーレムのバトルで賭け事をして楽しむ場所のようだ。

俺達はそれぞれゴーレム券を買い、観客席に向かった。

「ワクワクしますわね！」

「この緊張感も賭博の醍醐味《だいごみ》！」

リリーが楽しげに言えば、シャオは券を握りしめて張り切っている。

「私は第三試合ですな……」

ビッケルがゴーレム券を見て確認する。まずは、ストーンゴーレムとクレイゴーレムの対決だ。

俺はこの勝負には賭けていないが、エルメスとニーナがクレイゴーレムに賭けていた。

バトルが始まると、ストーンゴーレムは石を、クレイゴーレムは土を自在に操り、勝負は互角に思われた。しかし一瞬の隙《すき》をついて、クレイゴーレムは大量の土をストーンゴーレムの頭上に作り出すと、ストーンゴーレムを押し潰した。結果、クレイゴーレムの勝ちだ。

「きゃー！　勝ったですです！」

「やっりー☆」

エルメスがはしゃぎ、ニーナもガッツポーズする。

「配当いくらなんだ？」

俺が尋ねると、シャオが答える。

「大体五倍ですぜ！」

「へー……そんなに儲《もう》かるのかぁ……」

次はサンドゴーレムとラヴァゴーレムの対決だ。俺はラヴァゴーレムに賭けている。

「よっしゃ！　頑張れよ、ラヴァ！」

ラヴァゴーレムは強靭《きょうじん》な腕を振り回して、サンドゴーレムに叩きつけるが、サンドゴーレムは砂で防御してそれを防ぐ。直後、サンドゴーレムは砂嵐を引き起こし、ラヴァゴーレムは砂が体に入り込んだのか、動かなくなった。勝負はサンドゴーレムの勝利に終わった。

「くっそー！　ラヴァ負けちゃったよ」

俺はゴーレム券を破り捨てる。

そんなこんなで、最終的に全員で金貨八十枚を使い込み、最後に勝ったのはエルメスとロードだけだった。結局ギャンブルって損するんだよなぁ……ま、いっか。楽しかったから。

途中で眠ってしまったビビアンとクレオをジライアとラボルドがおんぶして、俺達は辺境の屋敷に帰っていった。

◇　◇　◇

その日はとても寒く、リビングから外を見ると一面雪景色となっていた。みんなはリビングに集まってきたものの、スケジュールボードそっちのけで、外を見ている。

「わぁ！　一面雪ですです～♡」

エルメスが嬉しそうに言った。

「よし、みんな、今日は休みだ。着替えて、雪遊びしよう！」

俺が言うと、みんなから歓声が上がった。

それぞれ、防水防寒の洋服に着替えた俺達は、ソリやスコップを持って外に出た。

冷たい空気が頬《ほお》に当たり、息は白く、太陽の光が雪に反射して煌《きら》めいていた。

「クレオ、クレオ。雪だるまを作るのだ！」

「わかったぞ！」

ビビアンがえらそうに指示を出すが、クレオは素直に従う。アイシス、ルイス、リリーはスーパーウルフの三郎《さぶろう》にソリを引かせて楽しんでいる。

フレイディアは一瞬で雪山を作り出し、ロードとシャオがその中を掘って、かまくらを作った。

サクやラボルド、エルメスは大きな地上絵を描いている。

かまくらが五つほど出来上がった頃、俺達はその中で鍋焼きうどんを食べる事にした。

シルビア達が熱々の鍋焼きうどんとあったかいお茶を次々と運んでくれる。

かまくらの中は理由こそ知らないが、外よりも温かい。

俺達は白い息を吐きながら、鍋焼きうどんで温まった。

「ルイス、俺のシイタケ取るなよ！」

「エイシャルさんが食べるのが遅いんですよ」

そんな他愛《たあい》ない会話をしながら、午後も雪で遊ぶ事に決めた。


「よっし！　みんなぁ！　午後は魔法抜きの雪合戦やるぞー！」

アイシスが宣言すると、みんな歓声を上げた。

「いいか、魔法は厳禁！　石も入れるなよ。顔や頭を狙うのもダメだ。楽しくやろうぜ！　じゃあ、赤と白に分けるから……」

というわけで、雪合戦が始まった。

俺は雪玉を作る係だ。シルビアと一緒に雪玉を大量生産していく。防水防寒の手袋をはめているが、段々指の感触がなくなってきた。

「あっ、やられた……！」

サクが討ち死にして倒れる。

「サクー！」

ニーナが叫んでいると、背後からこっそり回ったビビアンが彼女に雪玉をぶつけた。

「あっ、ビビちゃんずるいっ……！」

白熱した戦いが終わり、結局ジライアがリーダーの白組が勝った。とはいえ、みんな面白かったようで笑い合っている。

最後にビビアンとクレオが木の枝を差したり、石で目を作ったりして、雪だるまを完成させた。

リリーが手を叩いて二人を褒める。

「あら、ビビアン、クレオ、上手ですわねー！」

「本当だ、モデルはエイシャルさんかな？」

サクが言って、みんなが笑う。

「おい、サク！　あんまりだろ。俺はこんなにずんぐりむっくりじゃ……」

「ずんぐりむっくり……」

俺の言葉にビビアンが傷ついた顔をした。俺は慌ててフォローする。

「いや、雪だるまは可愛いよ！」

「はいはい、そこまで。さぁ、みなさん、柚子《ゆず》風呂にしてありますから、順に入ってくださいな。ビビアンとクレオもね」

リリーの言葉で楽しかった雪遊びも終わり、俺達は温かいお風呂にゆっくりとつかった。

◇　◇　◇

その日はみんなでサイネル国にあるサイネポルトの温泉祭りに行く事になった。

以前、ヘスティアが温泉を掘り起こし、復興を遂げた町だ。

「みなさん、バスタオルと石鹸《せっけん》は持ちまして？」

リリーがビビアンのピンクのリュックにタオルとシャンプーを詰めながら、俺達に確認する。

「ネレ、入れた」

いつも寡黙《かもく》なネレはなんだか嬉しそうだ。

温泉が好きなのかな？

「まぁまぁ、もし忘れてたら買えばいいじゃないか」

「何言ってるのよ！　タオル代だって馬鹿にならないのよ！」

俺の言葉を聞いたシルビアに詰め寄られ、たじたじとなる。

「ご、ごめん……」

彼女の迫力に気圧《けお》されながら、そう答えた。

とりあえず、全員忘れ物はないという事で、サイネポルトに向かった。


サイネポルトに着くと、色んな場所から湯煙《ゆけむり》が立っており、温泉が湧いている事がわかった。

「いやぁ、肩凝《かたこ》りが酷《ひど》くて！　温泉で癒《いや》したいですなぁ！」

ビッケルが肩を押さえて言う。

「あっちに筋肉痛の温泉あるぞい！」

「おぉ、ありがたい」

ビッケルとヘスティアは肩凝り解消に向かったようだ。

「ジライアさん、僕と癒しの温泉に……♡」

ルイスがジライアに腕を絡ませて言った。

「冗談じゃないぞ！　ルイスは一人で入ってくれ！」

ジライアはそう言って走って逃げていった。

「ネレ、足湯に入りたい」

「じゃあ、私もぉ～」

ネレとダリアは足湯に向かう。

「ビビ、温泉卵たべるのだ！」

「オレさまも！」

「じゃ、俺はビビアンとクレオと一緒に温泉卵を食べに行くよ。ルイスも来い」

俺はジライアを探そうとしているルイスの首根っこをつかまえる。

「あぁ～ん、エイシャルさんの無情～」

「じゃあ、私達は美肌の湯に入りましょうか」

シルビアはそう言って、女性陣を連れて去っていった。

「どうして僕だけ温泉に入れないんですかっ⁉」

「目的が違うからだろ……」

不機嫌になるルイスに俺は呆れ果てる。

「まぁまぁ、ルイス、温泉レストランがあるぞ。なんでも頼んでいいから」

俺はルイスを宥《なだ》めて温泉レストランに入った。

ビビアンとクレオは温泉卵のカルボナーラ、俺は温泉卵サラダを、ルイスは温泉饅頭《まんじゅう》を頼んだ。

「ビビ、クレオ、美味しいか？」

俺はカルボナーラで口の周りを汚しているビビアンとクレオに尋ねた。

「ビビ、コレ好きー！」

「オレさまもー！」

そうこうしているうちにみんな温泉から上がったらしく、温泉レストランに集合し始めた。

「ちょっと、エイシャル、私ってば美肌になったと思わない？」

「あ、あぁ、バッチリだよ！」

サシャの肌の違いは全くわからなかったが、とりあえずそう答えておいた。

「温泉卵食べましょうよ」

「ネレ、温泉卵粥……」

「じゃあ、私は温泉卵入りミネストローネにしますわ」

シルビア、ネレ、リリーが早速メニューを開いている。やはり温泉卵がお目当てのようだ。

やがて全員が食べ終わり、俺達はお土産屋で温泉入浴剤や石鹸《せっけん》、美容オイルなどを買って帰った。

さぁ、明日からまた仕事が始まるぞ。

◇　◇　◇

次の日、相変わらずスケジュールボードをかけると、俺は畑でビッケルと一緒にナスやトマトを収穫していた。

すると、ビビアンがこちらに駆けてきた。なんか、嫌な予感……

「お馬さんいるよー！」

ゲッ！　最近は平穏な日々を送れていたのに……この辺境に馬がやって来る時は、だいたい誰かがろくでもない依頼を持ってくるんだ。

俺は仕方なく戸口から出た。

「おぉ、制王様！」

そこにいたのはガルディアの騎士長ラークさんだった。彼は俺に一礼した。

「ラークさんも大変ですね。毎回毎回……」

「ははは、っ！　これも仕事のうちですから。ガルディア王が明日の正午にガルディア城に来てほしいそうです」

「……わかりましたよ、行きます」

俺はそう答えて、畑に戻った。

その翌日、水竜のウォルルに乗ってガルディア城に向かった。

ガルディアの兵士達はウォルルを見慣れており、すぐに俺を王の間に通してくれた。王の間には既にガルディア王が待っていた。

「おぉ、制王様！」

「何かあったんですか、ガルディア王？」

「それが、大変な出来事が！　王妃が家出……いや、城出《しろで》したのです……」

城出？　変な言葉だな。確かにここから出るなら、城出か……

いや、それよりも！

「ヘレナ王妃が家……じゃない、城出ですか？」

「そうです。遠くも近くも探してみましたが、一向に見つからず……王妃の実家も隈《くま》なく探しました」

「それは確かに大変ですが、そもそも、どうしてヘレナ王妃が城出したのですか？」

俺が尋ねると、ガルディア王が笑い出す。

「いやぁ……ちょーっと、他の女性にうつつを抜かしたのがバレて……はっはっはっ！」

「それはガルディア王が悪いでしょう！」

「し、しかし、私はガルディア王ですぞ!?　妾《めかけ》の一人や二人……それをアイツはヒステリックに騒ぎ立てて……」

この期《ご》に及んで何を言っているんだ……ただ、百パーセント、ガルディア王の責任だとしても、王妃が行方不明というのはどうにかしないといけないな。

「夫婦ゲンカかぁ、要するに……」

「今度、ガルディア城で大規模な舞踏会もありますし、王妃なしでは……」

あれ、待てよ？　人捜《ひとさが》しならば、フレイディアかヘスティアに匂いを辿らせれば、すぐに終わるんじゃやね？

「わかりました。王妃を捜索《そうさく》してみますよ」

俺がそう言うと、ガルディア王は俺の手を取ってぶんぶんと振った。

「おぉー！　ありがたやー！　ありがたやー！」


その日、俺はダンジョンから帰ってきたフレイディアを呼び止めた。

「あぁ、フレイディア！　ちょっと話があんだ」

『何？』

「実は……」

俺はフレイディアに事情を説明してから頼む。

「……というわけなんだ。王妃の服とかから匂いを辿れるよな？」

『できる……けど、しない』

「えぇ!?　なんでだよ!?」

『ムカつく……』

「は？」

俺はポカンとしていると、今度はヘスティアが帰ってきた。

『どうしたんだ、主人？』

「あぁ、ヘスティアでもいいや！」

『ヘスティアール、漫画本貸すから、エイシャルに協力しちゃだめ』

『漫画本!?　うむ……すまんな、主人よ』

ヘスティアはフレイディアに買収されてしまったようだ。

「なんでそんなに協力するのを嫌がるんだよ？」

『浮気したガルディア王が悪いから』

フレイディアはそう言い残すと、ヘスティアを連れて去っていった。

いや、まぁ、確かにガルディア王が悪いんだけど……困ったな。

やがて夕食の時間になり、俺はみんなに事の次第を話した。

「エイシャル、私を明日ガルディア城に連れていって」

珍しくサシャがそう言った。

「え？　それは別に構わないけど……」

「私に良い考えがあるの」

◇◇◇

次の日、俺とサシャが馬車でガルディア城に到着すると、すぐに王の間に通された。

「おぉ、制王様！　と、お仲間の方ですかな？　私がガルディアの国王でございます。よろしく……」

「ガルディア王、まずは正座して！」

サシャはもの凄い剣幕《けんまく》でそう言った。

「は……？　あのぅ……私を助けに来てくださったのでは……？」

「いいから、さっさと正座する！」

再びサシャが言った。俺は慌てて口を挟《はさ》む。

「おいサシャ、一応一国の王だぞ？」

「関係ないわよ！　いい？　ガルディア王？　商人の出だったヘレナ王妃とあなたは大恋愛して駆

け落ち同然で結婚したと有名だわ。そうよね？」

サシャの問いに、ガルディア王が頷く。

「は、はい……確かにそうですが……それが？」

「サイネル国に負けて支持率が急落した時も支えていたのはヘレナ王妃だった、そうでしょ？　どんな時もヘレナ王妃はあなたに寄り添い、支えてきた。そうね？」

「は……い……」

「あなたが流行《はや》り病にかかった時に、うつる事もかえりみずに看病したのは、誰だったのかしら？」

「そ、それは……」

なおもサシャは言う。

「ヘレナ王妃がいる場所はね、きっとガルディア王、あなたにしかわからないわよ。それだけ言いに来たの。帰るわよ、エイシャル！」

「え？　でも……」

俺はそう言うが、サシャに無理やり引っ張られてひとまず帰った。

数日後、戸口に手紙が挟《はさ》んであった。

ガルディア王の印が押してある。

『制王様へ。制王様、そして何よりサシャ様、ありがとうございました。サシャ様の言葉、胸に刺さりました。私が王妃の献身や気持ちを無視して、妾の一人くらいと驕《おご》っていた事、心から反省してこの文を書いている次第でございます。王妃と初めて出会ったのは、野の花の咲き誇る川辺でした。私は狩りの休憩、彼女は川辺に遊びに来ている所でした。彼女の美しきダークブラウンの髪と琥珀《こはく》の瞳に一目で恋に落ち、反対を押し切り駆け落ち同然で結婚しました。それから、もう十五年の月日が経ちます。どんな時も私を支えてくれた王妃に、私は顔向けできない事をしてしまった。そして、私は王妃を迎えにあの川辺に向かったのです。制王様、サシャ様には感謝してもしきれません。しかし、あまり長くなってもご迷惑でしょう。この辺で最後とさせていただきます』

俺はその手紙を読み、すぐにサシャに渡した。

「サシャへの手紙だよ」

「ありがと、エイシャル」

サシャはそう言って手紙を受け取って読んだ後、軽快な足取りでギルド部屋に向かっていった。

◇ ◇ ◇

それからまたしばらくが経《た》ち――

今日からは七日間のちょっとした休暇期間、名付けてレインボーウィークだ。

前日に酒を飲んでいた俺が二日酔いで痛む頭を振りながらリビングに下りると、朝食が作りおきされていた。みんなはほとんどが町に遊びに行ったらしい。俺、何しよう……？

そこにヘスティアがやって来た。またこのパターンか……

リビングのソファで漫画本を読み始めたヘスティアに声をかける。

「ヘスティア、暇ならケル・カフェに行かないか？」

「ケル・カフェ……漫画本があるところか……ふむ。行ってもいいが」

「よし、じゃあ、行こう！　ケル・カフェには軽食もあるはずだ。昼飯も奢《おご》るから」


ケル・カフェに着き、俺とヘスティアは前と同じ席に座った。

すぐにラーマさんが出てきて水を置き、言う。

「最近全然来ないじゃないか、エイシャル！　たまには顔出せよ。人気のケル・コーヒーも切れちゃって、困ってるんだ」

俺は持ってきていたケル・コーヒー豆を渡しながら詫《わ》びる。

「すみません、忙しかったもんで。あ、ナポリタンとグラタンを二つずつお願いします」

注文すると、ヘスティアはもう既に漫画本を読み始めていた。

しばらくすると、ケル・カフェの入り口が開き、牙狼のゲオ達が入ってきた。

「ゲオ、あれ、制王組じゃないの？」

ショートカットの美女が言う。

「あぁ……お前らちょっと向こうの席で待ってろ……」

ゲオは仲間にそう言うと、俺達の席にやって来た。

「な、なんだよ？」

「あんた、呑気《のんき》だな。こんなところで昼食か？」

「そっちだって食べに来てんじゃねーか！」

俺がそう言うと、ゲオは呆れたような表情を浮かべた。

「俺達は魔王軍に闇落ちしたパーティと戦った後だ……」

「そうかよ。で、やっぱり闇落ちしたパーティは殺すしかないのか？」

「闇落ちしたやつらは特殊な魔法をかけられている。自我さえないやつらも少なくない」

「…………」

「知ってるか、エイシャル？　死体は必ず戻ってくるが、戻らない死体がたまにあるんだよ。さて、これはなぜなのか……？」

「お前が言っている事はいつも意味不明だよ」

「だろうな。せいぜい、仲間と仲良しごっこでもやってるんだな」

そして、ゲオは去っていった。

「燃やすか？　あやつ？」

ヘスティアがゲオの背中をちらっと見て言うが、俺は首を横に振る。

「いや、敵ではないんだよ。今のところな」

俺達は運ばれてきたナポリタンとグラタンを食べて、辺境の屋敷に帰った。

◇　◇　◇

翌日——

その日、俺は前日の嫌な気持ちを払拭《ふっしょく》しようと、裏山の小川での水遊びにみんなを誘った。

「モンスターもいつもモンスター牧場じゃ、窮屈《きゅうくつ》だろうからさ。連れていこうと思うんだけど」

俺の提案に、ニーナとダリアが賛成した。

「いいねっ！　いこっ！」

「賛成よ〜！」

「よし！　みんな、短パンとTシャツと着替えは持ってきた方がいいぞ。魔法浮き輪がどっかになかったかな？」

そう言ってあたりを見回すと、シルビアが教えてくれる。

「確か二階の空き部屋に何個か置いてあるはずよ」

じゃあ、それを持ってきたら出発だ。


俺はリュックサックを背負って、パーティメンバーとモンスターを連れて裏山の小川に向かった。

目的地に到着すると、俺はみんなに言う。

「ビビアンとクレオは必ず大人と一緒に水遊びするんだぞ？　流れが緩《ゆる》やかな小川だから、あまり心配はないと思うけど……」

言い終わらないうちにみんな小川に飛び込んだ。

特に水竜のウォルルは大はしゃぎしており、小川の水を吸い込んでは、巨大な噴水のように噴《ふ》き出していた。

「うぉぉぉぉー！　さっすが、水竜だぜ！」

「豪快でありますね！」

アイシスとラボルドが言った。

ギガントキャットのねこ太は水から離れている。猫系のモンスターなので水が苦手らしい。

フェンリルのミュパとスーパーウルフの三郎は小川を泳ぎ回っているが……

「やっぱり自然はいいよなぁ」

俺は採石などの仕事でいつも来ている裏山にみんなが集まってくれて、なんだか嬉しかった。

「たまには良い」

ネレが短く言うと、ビッケルが心配そうな顔をする。

「しかし、レインボーウィークだと畑が心配ですなぁ。水やりだけでもして良いですかな？」

「同じく果樹園が心配であります！」

ラボルドも同じ気持ちのようだ。だが、そのへんは抜かりなく準備してある。

「それなら、ウッドゴーレム達が水やりと収穫をしてくれるから大丈夫だよ。レインボーウィークは働くの禁止だぞ」

そんなわけで、川遊びを楽しんだ俺達は、びしょ濡れで屋敷に帰った。

水遊びで結構体力を使ったらしく、夜九時にはリビングに誰もいなくなり、楽しいレインボーウィークの一日は終わったのだった。


そうして、七日間のレインボーウィークはあっという間に最後の日になった。

その日はレインボーウィーク打ち上げバーベキューをやろうという事で、ロードやシャオ達がバーベキューコンロを組み立て、夕方から火を準備している。

俺はフレイディアと一緒に足りない食料をセントルアに買いに来ていた。

「えーと、ピーマン、タマネギ、キャベツ、エビ、ホタテ、イカ、サザエ、肉はあるから……」

買い物メモを見て食材を買い込んでいく。

『エイシャル、ベーコン食べたいって、クレオが言ってたわよ』

そう言われてベーコンも買った。

「フレイディアと町に来るのも久しぶりだな」

『最近ヘスティアと仲良いみたいね……いいのよ、私は全然気にしてないから……』

フレイディアはそう言うが、周囲の気温が五度は下がったぞ……さすが氷竜。

「いや、男同士ってのもあるしさ！　そんなに仲良いわけでは……フレイディアとヘスティアはやっぱりまだ仲悪いのか？」

『私の始祖は氷の中から生まれ、ヘスティアの始祖はマグマの中から生まれた。その頃から、氷竜と溶岩竜は何かと対立してきたの。古い因縁があるのよ……』

フレイディアの説明を聞いて、俺は頷いた。

「へー……そっか……」

『もう買い終わったの？』

「あぁ、帰ろうか！」


辺境の屋敷に帰ると、バーベキューパーティーが始まった。

みんな、肉から先に先にと焼いていくので、結局俺が野菜係みたいになる。

「エイシャル、キャベツが足りないわよ」

サシャがビール片手に言った。

「俺はキャベツ係じゃないんだぞ！」

と言いながら、キャベツを焼いていく悲しい性《さが》。

クレオとビビアンはチーズベーコンが気に入ったようで、そればかり食べている。

「こら、ビビ、クレオ、野菜も食べろよ！」

俺はピーマンをビビアンとクレオの皿に入れる。

ビビアンは大量のピーマンに顔をしかめているが、クレオは平気なようだ。

「いやぁ、休日の夜の一杯は美味い！」

ジライアはそう言って、ごくごくと豪快に酒を飲む。

「でも、明日からまた仕事ねぇ。ずーっと休日がいいわぁ」

梅酒を飲みながら言うダリアに、俺はタマネギをひっくり返し、とうもろこしを焼きつつ返す。

「そんなの御伽の国の中だけだよ」

「ビビ、とうもろこし食べる！」

「ビビはまだピーマン残ってるだろ！」

「良いじゃないの、エイシャル。そのうちピーマンも食べられるようになるわよ」

シルビアがビビアンを庇《かば》った。

そんなこんなで楽しい夜は更けていき、レインボーウィーク最後の日は終わったのだった。

◇　◇　◇

また、いつもの日々が始まった。

この休みの間に、俺のステータスには新しいスキルが発現していた。

『キノコ栽培《さいばい》』だ。

というわけで、ビッケルとラボルドに手伝ってもらい、キノコ栽培所を作った。腐りかけた丸太を並べただけだが、スキルがあるのでなんとかなるだろう。

早速俺がスキルを発動すると、ブナシメジがニョキニョキと生えてきた。

俺とビッケルとラボルドはブナシメジを取ると、シルビア達のもとへ持っていった。

「まぁ、立派なブナシメジ！」

「シメジ料理ですわね！」

「シメジパスタ作りたいですです♡」

大喜びして受け取るシルビア、リリー、エルメス。


その後、俺はビッケルとラボルドを解放して、普通の牧場とモンスター牧場の柵《さく》を補修しているシャオとロードのところにやって来た。

「どうだ？　ロード？」

「ミュパやケールが暴れるから結構ボロボロだ……明日までかかる……」

ロードは釘《くぎ》を打ちながら答えた。

「そうか。まぁ、ゆっくり時間かけてやってくれ」

俺はそう声をかけて今度はシャオのところに行く。

「シャオ！　どうだ、調子は？」

「へぃ！　大体終わりやしたぜ！」

「そうか、ご苦労様。冷えたビールがあるぞ」

俺はそう告げて、屋敷のワクワク子供部屋に足を向ける。

中では壁にお絵描きをしていたらしいクレオが眠っていた。

俺はブランケットをかけてあげ、そっとワクワク子供部屋を出た。

そういえば、ビビアンは……？

そう思っていると、リリアに乗ったビビアンが空から下りてきた。

「エイシャルー！　そらとんでたのだー！」

「ビビアン、それも良いけど勉強はどうなってるんだ？　九九言ってみなさい。六の段は？」

「……ろくさんはにじゅういち？」

ビビアンは指を折りながら言う。

「おやつ抜き！」

「びぇぇぇーん！　シルビアー！　エイシャルがいじめるのだー！」

あ、シルビアに告げ口された……！

「良いじゃないの、おやつくらい……」

ビビアンの声を聞いてやって来たシルビアは、彼女を撫でながら言った。

「でも……」

「ビビ、ドーナツあるわよ。ちゃんと手を洗ったら食べさせてあげる」

「ははは！　ビビちゃんはまた怒られてたのですかな？」

シルビアのあとからビッケルが現れ、ビビアンにミニスイカを渡した。

「みんながそうやって甘やかすから、こうなるんだぞ？　俺だって嫌われ役は嫌だけど、心を鬼にしてだな……」

「はいはい、わかったわよ。クレオちゃんもそろそろ起こさないと……」

シルビアが呆れ気味にそう言い、ワクワク子供部屋に入っていった。

「はぁ……ビビアンの勉強嫌いにも困ったもんだなぁ……」

「まぁまぁエイシャル殿、そのうちできるようになりますよ」

「そうだと良いけど……」

とにかく三時のおやつの時間になったので、みんなでドーナツを食べた。

ビッケルとラボルド、シャオとロードは残りの仕事を仕上げてくると作業に戻った。

俺はする事が特になかったので昼寝した。


その日の夕食時――

「明日はクレオちゃんの兜祭《かぶとまつ》りですわね。クレオちゃん用のタキシード作りましたのよ。ふふふ」

リリーが言う。

「兜、買ってたっけ？」

俺が首を傾げると、ジライアが口を開く。

「私が今日セントルルアで買ってきましたよ」

「おれさま、かぶとうれしい！」

喜ぶクレオを見て、俺も笑顔になる。

「良かったな、クレオ。さぁ、みんな明日は昼から兜祭りだから、今日の夜はゆっくりしてくれ」

◇　◇　◇

クレオの兜祭りの日がやって来た。

朝から女性陣はキッチンとリビングで動き回り、兜の設置や料理の用意をしていた。

また、ロードとシャオで、部屋の飾りつけをしてくれた。

俺は朝ごはんをササッと済ませて、部屋でケル・コーヒーを飲みながら新聞を読む。

新聞の内容は……

●闇落ちパーティ『千羽』
闇落ちしたパーティ千羽は魔王ビルドラに第三魔王軍を与えられ、近々本格的にヤンバル大

陸やアルガス大陸に攻め込む見込みだ。

これを迎え撃つのは、サイネル軍隊を指導するパーティ牙狼か、並はずれた力を持つと噂《うわさ》される制王組。

ヤンバル大陸でも着々と迎撃の準備が進められている。

●ガーデニングフェア
ローズフリー国の王都ロージアにて、五月二十八日にガーデニングフェアが行われます。

この季節に咲くさまざまな花を是非お買い求めください！

中でも人気は竜の形に咲くドラゴン花。

見るだけでも心癒されますよ！

すみれ酒や薔薇《ばら》の化粧品なども売っています♪


俺達を勝手に戦力にするのはやめてほしいんだけど……いや、そりゃあ、攻められたら戦うしかないのだが。

牙狼はサイネル軍隊の指導にあたっているのか。

俺も魔死神剣で足引っ張らないようにレベル上げとかしなきゃなぁ。

ガーデニングフェアについてはシルビア達にあとで教えておこう。

酒が売っているなら、男共も行くかもしれない。

「エイシャル？　準備できたわよ」

シルビアが俺の部屋のドアをノックして言った。

「すぐ行くよ」

リビングに下りると、『五歳の兜祭り』という風船文字が飾られており、兜や剣の飾りも天井から吊《つ》り下げてあった。

「おぉー凄いな！　シャオ、ロード、ご苦労様！」

「まだあるのよ」

そう言って、シルビアがリリーやエルメスと一緒に料理を運んできた。

カツ丼やカツオのたたき、鯛の煮付けなどの縁起の良い食べ物が並ぶ。

「はーい！　みなさん、ご着席ください！　それでは、本日の主役クレオくんの入場ですです♡」

エルメスの合図で、タキシードを着たクレオが現れた。

みんなで拍手する。

クラッカーが鳴らされる中、クレオが上座の椅子に座った。

「ありがとうだぞ！」

そして、兜祭りは賑やかに始まった。

◇　◇　◇

楽しかった兜祭りの翌日の夕方――

畑で汗を流していると、ギルド組が帰ってきた。

アイシス、ネレ、サシャ、ヘスティアだ。

ヘスティアはモンスターの卵を抱えている。

「おかえり、みんな。ヘスティアが持ってるモンスターの卵は？」

俺が尋ねると、アイシスが言う。

「あぁ、魔女の森ウェステルで見つけたんだよ。ダンジョンの奥の方だから、結構強いモンスターが生まれるんじゃないかな？」

「うむ。良きモンスターぞ、きっと」

ヘスティアも相槌を打った。

「そうか！　楽しみだな！」

しばらくして、残りのギルド組も帰ってきたので、俺は屋敷に撤収した。

今日の夕食はカレースープと、れんこん挟み焼き、れんこんとにんじんのきんぴら、肉じゃがだ。

「ビビ、九九言える！」

ビビアンはロードと一緒に九九を覚えたらしく、みんなに一の段から披露する。

「えらいぞ、ビビ！　明日はダンジョンに行こうか？　俺も少しレベル上げたいんだよな。ついてっても良いかな？」

俺はビビアンの頭を撫でながらギルド組に聞いた。

「もちろん、ウェルカムよぉ」

「人数は多い方が何かと良いですしね」

ダリアとサクはそう言った。

「じゃあ、決まりだな！」


次の日、俺が自室でダンジョンに行く準備をしていると、リビングから歓声が聞こえた。

俺がリビングに下りると、どうやらモンスターの卵が孵ったようだ。

中から出てきたのは……

「アースドラゴンですね！」

サクが言う。

「アースドラゴン？　土系のドラゴンって事？」

アースドラゴンはモグラと竜の中間のような姿をしている。

俺の問いにサクが答える。

「えぇ、あのモグラのような平らな鼻と口で地面に潜り込み、土の中から敵を攻撃するんですよ。もちろん、アースクエイクやアースウォールなどの魔法も使えますよ」

女性陣はモグラみたいな毛が生えた小さいアースドラゴンに、黄色い声を上げていた。

こりゃ、大きくなるまでは俺の部屋で飼わないと仕事にならないし、アースドラゴンにも危険が及ぶかも……

俺は女性陣にお世話の順番だけ決めてもらうと、アースドラゴンを抱き上げて部屋に連れていった。

その後、フレイディア、サク、ダリア、ジライア、ビビアン、リリア、しま子と共にダンジョンに向けて出発した。


ダンジョンに着くと、俺達は適当なパーティ名で受付を済ませて、体力を可視化するアイテム、ＨＰバングルをつけて中に入った。

すぐにウサトラ三体とワニワニ二体が現れた。

すると、ゼブラペガサスのしま子が翼をはためかせ、ダークウィングを発動。ミニミニミニドラゴンのリリアもウサトラに突進して強烈な体当たりを食らわせる。

トドメに変身したプリティビビアンがプリティアイエローの雷を落としてモンスターを倒した。

「はっはっはっ！　ビビちゃん強いなぁ！」

ジライアが豪快に笑って言う。

「ビビ、つよい！」

ビビアンがリリアにご褒美のクッキーを食べさせながら胸を張った。

そんなこんなで、しま子とリリアとビビアンと俺がメインで戦い、ダンジョンの地下十階まで着いた。

「ビビ、ねむぃ……」

地下十階に着くと、ビビアンはリリアのもふもふの背中に乗り、うとうとし始めた。

「今日はここまでだな……」

俺は魔死神剣を鞘に収める。

「ビビちゃん良くやりましたよ！」

「頑張りすぎて疲れちゃったのねぇ」

サクとダリアはビビアンを褒めていた。

というわけで、帰りはフレイディア、ダリア、ジライア、サクが頑張ってくれた。

そうして、俺達は地上に帰り着き、ビビアンを起こさないように馬車に乗せ、辺境の屋敷に帰っていった。


家に着くと、他のギルド組はもう屋敷に帰っていた。

「おっかえりー☆」

「おぅ、ただいま」

元気に手をあげるニーナに、俺も同じように手をあげて返した。

ジライアはビビアンを屋根裏部屋のベッドに連れていった。

「あら、ビビアン疲れちゃったのね」

サシャが抹茶オレを飲みながら言う。

「いやぁ、俺もすっかり疲れたよ。ダメだな、やっぱり普段戦ってないと」

俺はそう言って伸びをした。

そこに、リリーがキッチンから出てきて言う。

「ねぇ、エイシャル、アースドラゴンの赤ちゃんですけど……名前は『モグ』にしたらどうですの？」

「モグラのモグ？」

「だって、モグラに似てますもの！」

「良いんじゃね？」

アイシスが賛成した。

というわけで反対もなかったため、アースドラゴンにモグと名前が付いた。

「みんな、もうすぐ夕食よ！　お風呂入ってきてちょうだいね」

シルビアがそう告げて、何かが入ったボウルをかき混ぜている。

俺達はシルビアの言う通り順番に風呂に入った。

その日はキャベツと桜エビのお好み焼きだった。

お好み焼きの中のキャベツは食べ応えがある大きさで甘く、桜エビの香ばしさとマッチしていて、とても美味しかった。

◇　◇　◇

その日、セントルルアにて、お子様算数大会が開かれるという話を聞きつけた俺達はビビアンとクレオを参加させる事にした。

ビビアンは朝から九九の表を見て勉強を頑張っている。

クレオも本読み五回目だ。

二人がこんなに頑張っているのは、一位の豪華商品が欲しいためだ。

ビビアンは人形のバリーちゃんの町セット、クレオはガオガオー号につけるハンドル飾りを狙っているらしい。


セントルルアの市民ホールに到着してビビアンとクレオの受付を済ませると、俺は仲間達と応援席に座った。

「ビビアン、頑張れ！」

サシャがビビアンに声援を飛ばす。ビビアンは六歳の部門での挑戦だ。

彼女は確かに算数が苦手だが、バリーちゃんの町セットを手に入れるため才能が開花するかもしれない。

出場するお子様達は前のステージに上がり、各机の前に立つ。問題の答えがわかったら、机の上にあるボタンを早押しする、という仕組みだ。

『さぁ、始まりました、子供算数大会！　まずは、六歳の部門です。六歳の部門にエントリーしたのは、ビビアンちゃん、ログくん、サリーちゃん、キングくん、セアちゃん。それでは、始めます！』

司会者がマイクを手に参加者を紹介した。

「頑張れよー！　ビビアン、根性だ！！！」

アイシスが声援を飛ばす。

俺はひたすら不安だった。

しかし、そんな俺にはお構いなく算数大会は進んでいく。

『第一問！　簡単なものからいきます！　三かける九は？』

ビビアンがボタンを押す。反射神経だけは良いからなぁ……

「三と九で、サンキューなのだ！」

会場が思わず笑いに包まれた。

『ブブー！　不正解！』

司会者は無慈悲《むじひ》だ。次にセアちゃんがボタンを押して、二十七と答えた。

『正解！　セアちゃんに十ポイント！　では、次の問題です。ケーキがワンホールあります。六人で仲良く食べるにはどうしたら良い!?』

ビビアンがすぐにボタンを押す。

ビビアン、少しは考えているのか……？　俺は冷や汗ばかりかいている。

「ジャンケンで勝った人が全部食べるのだ！」

『ブブー！　不正解！　仲良く食べてください。独り占めはいけません！』

なんだか、算数大会がお笑い番組みたいになってきた。全てはビビアンのせいなのだが……

ログくんがボタンを押し、六分の一ずつ分ける、と答えた。

『正解！　ログくんに十五ポイント！』

そんなこんなでビビアンはボタンを押すものの、変な答えばかりを言い、ある意味人気者となった。俺達は恥ずかしいので、ビビアンに声援を送らなくなったが、ビビアンはユニークアンサー賞を獲得して、バリーちゃんの美容室セットをもらってきた。強運の持ち主である……

次は、クレオが出る五歳の部門だ。

彼は頭が良いので、ほとんどの問題を正解して、俺達はやっと一安心した。

順当に一位になったクレオは、お目当てのガオガオー号のハンドル飾りをゲットしてきた。

「クレオ、中々良かったのだよ」

ビビアンが労うと、クレオは素直に礼を言う。

「ありがとうだぞ！」

俺達大人は苦笑いせざるを得ない。

こうしてお子様算数大会は終わり、大満足のビビアンとクレオを連れて辺境の屋敷に帰ったのだった。

◇　◇　◇

その日は久しぶりの休みだった。

みんな馬車で町に出かけたり、庭で魔法プールを作ったり、モンスターとボール投げしたり、卓球したりと休日を楽しんでいる。

俺は相変わらず暇を持て余していた。

何せ、無趣味な男なのだ。

いつものようにヘスティアに声をかける。

「なぁ、ヘスティア？」

「なんだ、主人？」

「ケル・カフェに『ハンターバトル』っていう新しい漫画本が入荷したらしいぞ？」

「な、なんだと!?　それは見逃せぬ！」

「よし、じゃあ、ケル・カフェに行こう！」

屋敷にある馬車は全て出払っているので、俺はヘスティアに乗ってセントルルアまで飛んでいった。

町の二キロほど手前で降りて、ヘスティアも人型に戻る。

ケル・カフェに着くと、ラーマさんが迎えた。

「エイシャル！　ケル・コーヒーの豆持ってきてくれたか⁉」

「あぁ、たくさん持ってきたよ。そう毎日は来られないからね」

俺はケル・コーヒーの豆を差し出す。

「まあ、ゆっくりしていけや。すぐ注文取りに来るからな」

ラーマさんはケル・コーヒーを厨房に持っていった。

いつもの席に座ると、ヘスティアは早速漫画を本棚から持ってきていた。

俺は新聞を読んで、注文を待つ。

「ご注文お伺いしまぁす！」

可愛いボブカットの女の子の店員さんがやって来た。

「うーん、じゃ、俺はエビドリアとハンバーグ単品で」

「我は、カレーパスタとハンバーグ単品だ」

俺とヘスティアが注文すると、店員さんは笑顔で頷いた。

「かしこまりましたぁ！　少々お待ちくださぁい！」

店員さんが席を離れた時、喫茶店のドアが開き、牙狼の五人が入ってきた。

これも、いつものパターンだ。

「エイシャル、久しぶりだな」

俺は仏頂面《ぶっちょうづら》で適当にゲオに返す。

「あぁ、そっちも元気かー？」

「一人強いパーティメンバーを増やしたところだ。今度勝負するか？」

「やだね」

「冗談だ」

こいつは本当に何を考えているのかわからない。俺は話題を変える。

「それより、闇落ちパーティの件だけど……」

「なんだ、気になるのかよ……？　お前らは芋引《いもひ》いて魔族の戦いには参加しないんじゃなかったのか？」

「芋引いてねーよ。俺達も町の人達が攻撃されるような事があれば戦うさ」

「へー……？」

疑わしげな視線を向けてくるゲオに、俺はなおも尋ねる。

「なんか、新情報ないのか？」

「あるが……まぁ、いい。教えてやるよ。全ての首謀者は魔王ではない」

「え……？　魔王が闇落ちパーティを作ってるんじゃないのか？」

「それはそうだ。でも、それを後ろから操ってるやつがいる」

「誰なんだ!?」

「サイコとかいうやつだ」

サイコ……!?　そういえば、闇落ちしたパーティ・ファイナルが死ぬ間際にサイコと言っていたって……やはり、関係があったのか。

「サイコの種族は何なんだ？　魔族だろ？」

「そう思うだろ？　だが、サイコは人間だ……」

「じゃ、何か？　人間が魔王を操ってるって言いたいのか？」

「その通りだ……じゃあ、俺は仲間のところに戻る。せいぜい悩むんだな」

ゲオはそう言って仲間の席に戻っていった。

俺とヘスティアは一時間ほど食事や漫画本、新聞で時間を潰《つぶ》すと、辺境の屋敷に帰った。

サイコは人間……なぜ、魔王を操る事ができるのか？

謎は謎のままだ。

そんな事を考えながら、屋敷に戻ると、町に買い物や遊びに行っていたメンバーも帰ってきていた。俺達は残りの休みをゴロゴロして過ごして、夜は手抜きの余り物の鍋を食べた。

◇　◇　◇

次の日の朝、俺はスケジュールボードをかける。

エイシャル　：海行ってくるわ！
ロード　　　：モンスター牧場の柵補強
シャオ　　　：牛小屋の修理
シルビア　　：家事全般
リリー　　　：家事手伝い
エルメス　　：家事アシスト
ビビアン　　：割り算の復習
ビッケル　　：畑管理、抹茶オレ管理
ラボルド　　：果樹園管理、キャラメルオレ管理
ルイス　　　：牧場管理、チーズ作り

クレオ　：お勉強

【返答欄】
エイシャル　：久しぶりに釣りしてくるな！
ロード　：昨日は賭け三昧……！
シャオ　：楽しかったですぜ！
シルビア　：また、手抜き鍋したいわ～
リリー　：片づけも楽ですものね
エルメス　：ですです
ビビアン　：…………泣
ビッケル　：今日はれんこん収穫しますかな
ラボルド　：桃を収穫するであります！
ルイス　：秘密の小部屋最高！
クレオ　：がんばる！

俺は一回り大きくなったアースドラゴンのモグをリビングデビューさせてから、釣りに向かった。

海に出て釣り竿を投げ入れる。『釣り』のレベル9が解放されていたので、新しい魚が釣れるかもしれない。そろそろ強力な魔法釣り竿を用意する必要があるな。

そう思っていると、活きのいいタチウオが釣れた。

スキルのおかげでどんどん釣れる。

結局、その日タチウオを十三匹ほど釣り、そのうち十匹を港町で売った。

三匹いれば晩御飯には十分だろう。


「ビビ！　エイシャルがバケツもってるぞ！」

「おさかながはいってるのだ！」

タチウオ三匹が入ったバケツを持って屋敷に帰ると、クレオとビビアンがバケツの中身を覗きに来た。

「「おぉ〜！！！」」

二人はタチウオに歓声を上げる。

「魚が好きなら、今度メダカでも買ってきてやるよ」

俺がそう言うと、二人はぱっと顔を上げた。

「ほんとうなのだ!?」

「メダカってなんだ⁉」

「クレオには今度説明するよ。とにかく魚は新鮮なうちに捌《さば》かないと……」

俺はキッチンにタチウオを持っていって、ついでに捌いた。

「まぁまぁ、立派なタチウオねぇ」

「タチウオの竜田揚げにしましょうか？」

「塩焼きも良いですです♡」

シルビアとリリーとエルメスが早速話し合っている。

とりあえず捌き終えると、あとは三人に任せ、俺はモンスター牧場に向かった。

「ロード、柵終わりそうか？」

「あぁ……今日で終わりそうだ……」

「そうか、お疲れさま。ミュパとウォルルのケンカは大丈夫かな？」

「今は仲良くなってるみたいだぞ……」

ロードはそう言って、やれやれと言わんばかりの表情を浮かべた。

敷地を見て回り、適当な時間に屋敷に戻って風呂に入った。


その後、タチウオ尽くしの夕飯の席で、ネレがポツリと呟く。

「明日ガーデニングフェア」

「あ、明日だったな。せっかくだからみんなで行こう」

俺がタチウオの竜田揚げを食べながら告げると、みんな嬉しそうに声を合わせた。

「「「「「さんせーい！」」」」」

「しかし、エイシャル様、男の私達はガーデニングフェアには……」

興味がなさそうなジライアに、俺は新聞の情報を教える。

「すみれ酒が売ってるらしいぞ？」

「ぜひ、行きましょう！」

というわけで、全員で行く事になった。

「ガーデニングフェアに来ていく服選ばなくちゃ！」

サシャがそう言うと、シルビアが提案する。

「じゃあ、明日着る服を選ぶために、リビングでファッションショーしましょう！」

げっ……！　やばい空気に……

「ぼ、僕お腹痛いので、部屋に……」

サクがすかさず言うが、ダリアの厳しい目が光る。

「食べながら言われても、ねぇ？」

結局、俺達男性陣もファッションショーに巻き込まれ、遅い時間まで付き合わされたのだった。

◇◇◇

そして次の日、午前中に屋敷を出発してローズフリー国の王都ロージアのガーデニングフェアに向かった。

敷地組は馬車に、ギルド組はヘスティアとフレイディアの背に乗り、目的地を目指す。

ロージアは巨大な塀《へい》で三重に囲ってある、難攻不落の都だ。

外側の塀まで辿り着くと、俺達は通行証を門番に見せて中に入った。

ロージアの中は紫陽花《あじさい》が咲き乱れており、紫とピンクで彩られていた。

そして、フラワーロードではいくつもの花屋が軒《のき》を連ねていた。

「おっ、すみれ酒がありますぜ！」

「ダメですです！　お酒は最後です！」

シャオが嬉しそうな声を出すと、エルメスがすかさず言った。

「そうよねぇ、最初からお酒飲んで潰れたら大変だものぉ」

ダリアが賛同した。

というわけで俺達男性陣は酒を後回しにして、女性陣が買った鉢や花を持つ荷物持ちに徹した。

ニーナなんかミニ向日葵の寄せ植えを五鉢も買っていた。馬車に運ぶのが大変だ……

その後もシルビアが観葉植物が欲しいと言って、ウンベラータやサンスベリアなどをいくつか買った。

パンジーの鉢やハイビスカスの花まで購入したところで、やっと荷物持ちから解放された俺達男性陣は花に関わる酒を買い始めた。

すみれ酒、桜酒、金木犀酒《きんもくせいざけ》、薔薇酒など、たくさん買い込んで馬車に運ぶ。

「あら、火竜花《かりゅうばな》があるわね」

シルビアがふとある花に目をとめて言った。

周りを見ると、いつの間にか俺とシルビアはみんなとはぐれたようだ。

ちなみに火竜花とは、真っ赤なドラゴンの形をした花で、中々高級な花として有名だった。

「欲しいの？」

俺はシルビアに尋ねる。

「えぇ、でも予算が……」

「俺が買うよ」

「え!?　でも……」

「いいから、いいから。これくらいお安いご用だよ」

「……ありがとう、エイシャル」

火竜花を買った後、俺とシルビアは近くの薔薇の店に入った。

薔薇店には、薔薇の入浴剤、薔薇の石鹸、薔薇のパックなどが売っている。

「あ、これ、サシャが欲しがってた薔薇の香水だわ！」

シルビアは目を輝かせている。

そんなシルビアを見ながら、俺も一緒にお土産を選んだ。

「ふふふ。エイシャルと二人っきりなのも久しぶりね」

「そ、そうだな。中々ないよな……」

俺は気の利《き》いたセリフ一つ言えなかった。

一通り店を見て回った俺達は、花シャボンの広場で久しぶりにゆっくり話をした。

シルビアは俺の事をどう思っているのだろうか？

ふと、そんな事が気にかかったが、その時はまだ自分の気持ちに気付かなかった。

花シャボンの広場でようやくみんなと合流すると、俺達はしばらく休んでから辺境の屋敷に帰ったのだった。

◇　◇　◇

またいつもの忙しい日々が戻ってきた。

俺はその日、『ハーブ作り』のレベル3が解放されていたので、畑の隣のハーブ園に向かった。

スキルを発動すると、バジルが生えた。

バジルかぁ……俺にはいまいち使い道がわからないが、シルビア達に渡せばなんとかなるかな？

そう思って、バジルを大量に採り、キッチンに持っていった。

「まぁ！　バジルなんて、料理の幅が広がるわぁ！」

「とりあえず、今日予定していた冷やしうどんはやめません？」

リリーが言うと、シルビアは頷いた。

「そうね。せっかくだから、バジル料理を……」

話し合いを続ける家事メンバーを背に、俺は敷地内を見回りに出た。


その日の夕飯はキノコのジェノベーゼパスタ、豚肉のバジル炒め、トマトとバジルのサラダ、コンソメスープだった。バジル尽くしの料理に舌鼓を打っていると、ビッケルが口を開く。

「明日はみんなで田植えしませんか!?」

「田植え……楽しそうですぜ！」

シャオはそう言うが、サシャが心配そうな表情を浮かべる。

「田植えって泥だらけ……？」

「良いじゃないか、明日はみんなで泥だらけになろう。汚れても良い格好で、朝九時に集合な」

結局、俺が強制的に全員参加で話をまとめ、その日はお開きになった。


翌朝、みんな時間通りに以前作った水田の前に集合した。

「では、田植えの始まりです。みんな、スニーカーを脱いで長靴に履き替えてください。長靴の中に泥が入らないように紐《ひも》を使って固定しますぞ！」

ビッケルの言葉に従って、みんな用意されていた長靴に履き替えた。

「それじゃ、シルビアさん、リリーさん、エルメスさんがまず水田に入ってください。転ばないようにね」

「ちょ……バランスが難しいわ……」

「キャー！」

よろめくシルビアと、早速転ぶエルメス。

「はっはっはっ！　しっかり足を踏ん張らないとあぁなりますぞ。では、苗を三、四本取って、十五から十八センチ間隔で植えていってください。おぉ、シルビアさん上手ですぞ！」

その後もビッケルの言う通りに、三人ずつ交代で回していく。

誰か一人は転倒するので、それがまた面白かった。

そうして、みんなでギャーギャー言いながら水田は完成し、田植えは無事終わった。

「みなさん、手と腕と顔の泥を洗い流してくださいな。せっかくですから、水田を見ながらおにぎりを食べようと思いますの」

リリーがそう言い、シルビアとエルメスと共におにぎりと麦茶を持ってきてくれた。

みんなは泥を綺麗に落とし、地面に座って水田を見ながらおにぎりを食べた。

「素敵な水田になったわねぇ！」

ダリアが言うと、ビッケルが満足げな顔で頷く。

「これもみんなのおかげですよ。一人で田植えはキツいですからねぇ」

「収穫はいつ頃になるんですか？」

ルイスが尋ねた。

「まぁ、だいたい五ヵ月後でしょうな。その時はまたみんなで稲を刈《か》りましょう！」

おにぎりを食べ終えると、俺達はヘロヘロになって屋敷に戻った。

疲れた体を風呂で癒し、リビングでケル・コーヒーを飲んでいると……

アースドラゴンのモグが光り出した。俺は慌ててモグを外に出す。

すると、モグは十メートル級の巨大なアースドラゴンに成長した。

デカい……相変わらずモンスターの成長は唐突だ。

「それじゃ、モグ。モンスター牧場に入ろう」

俺がそう言うと、モグは大人しく俺についてきた。

外にあるモンスター牧場に入ると、座って毛繕《けづくろ》いしている。ケールやストーンも特にモグにつっかかる様子はない。

よし、上手くやっていけそうだな。

第二章　ちりばめられた謎

それからまた数日が経った頃——

俺が採石するために裏山に登るつもりで準備していると、ビビアンがやって来て、「お馬さんがいる！」と言った。

ため息をついて戸口から外に出ると、そこには、ローズフリー国特有の若草色の装飾をつけた馬に乗った一人の騎士がいた。

「制王様、ローズフリー国王が至急の用があるそうです。今から来られませんか？」

騎士は焦った様子でそう言った。

「今から!?　そんなに急いでいるのか？」

「はい、一大事と伺っておりますが……」

「わかった、ウォルルに乗って三十分以内には着くと思う」

「ありがとうございます。助かります」

騎士を見送った後、俺はすぐに準備してウォルルに乗り、ローズフリー国の王都ロージアを目指した。

風は心地よく気候も最高だったが、ローズフリー王の用件にはあまり良い予感はしない。

そんな事を考えているうちに、ロージアの城に着いた。

応接室に通されると、ローズフリー王が真っ青な顔で座っていた。

「どうしたのですか？」

「おぉぉ……制王様！　実は……」

ローズフリー王は語り始めた。

「私は四十五歳になりますが、もう既に孫娘がいるのです……生まれた時から病弱でしたが、それはもう可愛がっておりました。しかし……最近になって病状が悪化して……」

「それは心中お察しします。しかし、俺には医学の知識は……」

俺が言うと、ローズフリー王は首を横に振った。

「いいえ、医者ならば名医がおりまして。その医者の診断によると、ラビドラの新鮮な心臓を食べれば治るらしいのです！」

ラビ……ドラ……？

「まさか……」

「なんとか、ラビドラを生け捕りにしてほしいのです！」

「ちょ、ちょっと待ってください！　ラビドラは確か魔王の住むルーファス大陸にしか生息していないモンスターのはずです。ルーファス大陸はほとんど解明されていない、魔の領域ですよ⁉」

「そこをなんとか！　私の命よりも大切な孫娘です！　制王様、お願いします……助けてやってください……！」

ローズフリー王は俺に泣きついた。

マジかよ……こっちが泣きたいわ。

「……わかりました。最善は尽くしますが、こちらも命懸けである事をお忘れなく」

「もちろんです！　制王様がラビドラを生け捕りにされたならば、どんな代償でもお支払いします！」

ローズフリー王の依頼を受けて、俺は超暗い気持ちで辺境の屋敷に帰った。

ラビドラの生け捕りかぁ……大丈夫か、俺？


「……というわけなんだよ」

俺は夕飯の時にみんなに説明する。

「マジかよ……あそこは死と魔の領域と言われてるんだぜ？」

アイシスの言葉に、俺は頷く。

「わかってる。だけど、お孫さんが死ぬと聞いて断れなかったんだよ……」

「うーん、ここはモンスター博士のサクの出番だね」

サシャに話を向けられたサクが口を開く。

「うーん、僕の知識で参考になるかわからないけど、ラビドラは特殊な生態を持っているんです。ラビドラは兎と竜のハーフに当たります。つまり、竜にしては弱く、兎にしては強い……まぁ、でも、ラビドラはドラゴン族の棲《す》むルーファス大陸のサスティナ国では弱小です。だから、ダークドラゴンと共に生活しています。ラビドラの食べ物は苔《こけ》ですから、ダークドラゴンの身体の苔を食べて掃除して、その代わりとして守ってもらうんです」

モンスター博士のサクの説明を聞いて、俺は尋ねる。

「つまり、ラビドラを生け捕りにするには、ダークドラゴンも倒さなきゃいけないわけか？」

「うーん、誰かが囮《おとり》になってダークドラゴンを引きつけるという手もありますけどね」

「なるほど。とりあえず、最強メンバーで固めたいんだ。ヘスティアとフレイディア、アイシスとジライア、ネレ、それから俺。大陸に入るには、空からか、陸地からか……？」

俺が悩んでいると、サクが助言をくれる。

「空には空竜《くうりゅう》がたまにいますけど、陸地よりは良いと思いますね。ラビドラとダークドラゴンの群れも探しやすいですし。といっても、僕もルーファス大陸に行った事はありませんから、確実だとは言えませんけど……」

「わかった。とりあえず、ヘスティアとフレイディアに分かれて乗ろう。ヘスティアとフレイディアもそれでいい？」

　俺はリビングにいる二人に声をかけた。

『……罪もないラビドラを生け捕りにするの？』

　フレイディアは気乗りしない様子で言った。

『我もあまり気が進まんな』

　ヘスティアも同じ気持ちのようだ。

「それはそうだけど……頼むよ。今回だけ」

　俺が頼み込むと、二人は渋々といった感じで頷いた。


　次の日、俺達は万全の装備でルーファス大陸に向けて出発した。

　ルーファス大陸上空に近づくと、段々と魔素《まそ》が強くなり、多少圧迫感がある。

　そして、ついにルーファス大陸のドラゴン族が統治するサスティナ国にさしかかった。

　俺達は上空からラビドラの群れを探す。

すると……いたっ！　俺達は近くの林の中に静かに降りた。

「草原にダークドラゴンが七体、ラビドラが十体か……」

俺が超小声で言うと、フレイディアが告げる。

『ダークドラゴンは私とヘスティアが引きつけるわ……』

「大丈夫なのか？」

『長くは持たんぞ。素早くラビドラを捕獲してくれ』

ヘスティアが言った。

俺の合図で、ヘスティアとフレイディアが竜の姿でダークドラゴンに攻撃する。

ダークドラゴンは一斉に空に飛び上がり、二匹を追いかけた。

「今だ！」

俺達は魔法ケージを持ってラビドラを追いかけ、攻撃する。

しかし、ラビドラはかなり素早く、空に逃げたり走ったりして、あっという間にほとんどがいなくなってしまった。

「一匹当たった！」

ネレの闇魔法の矢が一匹のラビドラに当たり、動けなくなっているようだ。

俺はそのラビドラを魔法ケージに入れた。

フレイディアとヘスティアがダークドラゴンに追われながら戻ってきたので、俺達は急いで彼らの背に乗り、ルーファス大陸から出た。

背後からはダークドラゴンと空竜の群れが追いかけてくる。かなり怒っているみたいだ。

しかし、なんとか振り切ってアルガス大陸に到着した。

「ラビドラ、かわいそう」

ネレがポツリと言った。

確かにいくら人の命を救うためとはいえ……いや、そんな事を言っていたら、豚や牛だってかわいそうじゃないか。仕方ないんだ。俺が人間である以上、人間を助けるのは当然だ。

「ごめんな、ラビドラ……」

俺は小さな声で謝ると、ラビドラをローズフリー王のもとに届けに行った。


数日後、ローズフリー王から城に招かれた。

俺が到着すると、ローズフリー王は六歳くらいの女の子を抱っこして、出迎えた。

「孫娘のシェリルです。シェリル、制王様だぞ！」

「こ、こんにちは！」

シェリルが緊張した声で挨拶したので、俺はにこやかに返す。

「こんにちは、シェリル。元気になったみたいですね？」

「はい、この通り！　全ては制王様のおかげです。つきましてはお礼をしたいのですが……どのような条件でも呑《の》むつもりです」

ローズフリー王は頭を下げて言うので、俺は前から決めていた条件を告げる。

「では、王宮飼育士の中から飼育士を一人いただきたいのですが……」

「お安いご用でございます！　マルクを呼んでまいれ！」

ローズフリー王が側近に指示すると、二十代前半くらいのそばかすの若い男がやって来た。

「マルク、今日からお前は制王様についていてくれ」

「え、あ……はい！　よろしくお願いします、制王様」

「よろしく、マルク」

飼育士を仲間にしたのは、モンスター牧場の管理者がいなかったからだ。今までは手の空《あ》いた人が餌やりをしていたが、飼育士がいた方が良いしな。

そして、俺はマルクと共に辺境の屋敷に帰った。


その日の夜はマルクの歓迎会が賑やかに開かれた。

「マルクは酒は飲めるの？」

俺が尋ねると、マルクは首を横に振る。

「自分、下戸《げこ》っす！」

「そうか、まぁじゃあ、桃ジュースでも……」

俺は桃ジュースをマルクのコップに注ぐ。

「ありがとうございますっす！」

「ねぇねぇ、王宮飼育士ってどんな感じなの？」

サシャの問いを受けて、マルクが説明する。

「五年に一度モンピアというモンスター対決があるっすが……」

「あぁ、前に俺達も参加したバトルピアのモンスターバージョンね」

アイシスが相槌《あいづち》を打つ。

「それに向けてのモンスターの飼育が大きな仕事っすかね？　結構厳しくモンスターしつけてるっす」

「そうか。でも、ここにはモンピアもないしね。基本はモンスターは伸び伸びと育ててるから、そのつもりでね」

俺がそう言うとマルクは元気に返事をした。

「はいっす！　これだけレアなモンスターが揃ってるところで働けて嬉しいっすよ！　とにかくみ

なさんよろしくお願いしますっす！」

というわけで、辺境に新たな仲間が加わったのだった。

◇　◇　◇

ある日、スキル『発酵《はっこう》』のレベル2が解放されていた。

説明には『大豆発酵』とあったが、具体的に何ができるのかは全くわからない。とりあえずやってみよう。

俺は大豆を用意して、スキルを発動した。できたのは……納豆だった。

納豆かぁ。好き嫌いが分かれそうな食べ物だなぁ。ちなみに俺は好きだけど……

キッチンに持っていくと、エルメスは微妙そうな顔をしていたが、俺はとりあえず納豆を渡す。

「エイシャル、ちょうど良かったわ。海でベラを釣ってきてくれない？　マルクの好きな刺身にしようと思うのよ」

「はいよ、お安いご用だよ」

シルビアのお願いに頷いて、俺は釣り竿を持って海まで歩いていった。

釣りレベル４に矢印を合わせて、竿を振り入れると、すぐにベラが五匹釣れた。

それにしても新しい釣り竿が欲しいなぁ……次の休みの日に買いに行くか。

そんな事を思いつつ屋敷に戻って、シルビアにベラを捌いて渡すと、今度はモンスター牧場に向かった。もちろんマルクの仕事ぶりを見るためだ。

モンスター牧場に着くと、マルクはスーパーウルフの三郎にじゃれつかれていた。ウォルルやモグも、マルクからもらった餌を美味しそうに食べている。

うん、問題ないみたいだな。

「あ、エイシャルさん！　どうしたっすか！」

マルクが俺に気付いて、声をかけてきた。

「いやいや、ちょっと様子を見に来たんだよ。でも、大丈夫そうだな」

「はい！　ここのモンスター達はみんなフレンドリーっす！　よく言う事も聞いてくれて……」

「そっか。まぁでも何か困った事があれば、すぐに言ってくれ」

俺はそう言って屋敷に帰った。

そろそろ敷地組が帰ってきて風呂が渋滞する頃なので先に入らないとな。

汚れと汗を洗い流し、リビングに行くと、クレオとビビアンがソファで寝ていた。

リリアもビビアンとクレオに寄り添って眠っている。

「ビビ達寝ちゃったのか……」

俺が小声で言うと、近くにいたシルビアが頷いた。

「えぇ、遊び疲れたのね。もう少し寝かせとくわ」

しばらくして、敷地組やギルド組が帰ってきて、その日も賑やかな夜が過ぎていくのだった。

◇　◇　◇

次の日、俺はスケジュールボードに大きく『休み！』と書いた。

なぜか？

セントルルアの町でコーヒー祭りがあるからだ。

みんな、朝から町に出かける用意をしている。特に女性陣は何を着ていくか？　どんな髪型で行くか？　など、色々と大変そうだ。

「ギルドメンバーは武器も一応持っていってくれ」

俺が言うと、ネレやサシャ、ニーナ達から非難の声が上がった。

「ゴツい武器なんか持っていったら、ファッションが決まらないじゃない！」

「同意！」

「一気に戦士みたいになっちゃう！」

俺は女性陣の勢いにたじろく。

「わかったよ……じゃあ、俺がまとめてアイテム袋に入れて持ってくから」

サシャ、ダリア、ネレ、ニーナはドサドサと武器をアイテム袋に投げ入れた。

そんなにファッションが大事なのかなぁ……？　とは、命の安全のため口には出さない事にした。

そうして、全員の用意が整い、馬車とヘスティアとフレイディアに分かれてセントルルアの町に向かった。


セントルルアに近づくにつれ、コーヒー豆の香ばしい匂いが漂ってくる。

みんなは大盛り上がりでセントルルアに入った。

ケル・カフェも店の前に案内の店員を出して、張り切って営業している。まずはみんなでケル・カフェに入った。

店は満席に近かったが、俺達はなんとか数人ずつ分かれて席をゲットした。

「おぉ、エイシャル！　今日は大勢だな。ブレンド、エスプレッソ、カフェラテ、カプチーノ、カフェモカ……色々取り揃えてるぞ！」

「じゃ、俺達大人はエスプレッソ、子供二人にはコーヒークッキーを頼みますよ」

そう注文すると、ビビアンとクレオがわけのわからない意地を張り出す。

「ビビ、エスプレッソのめる！」

「オレさまだって！」

俺は二人の言葉に、にやっと笑って返す。

「エスプレッソ飲むと、子供はおねしょするんだぞ？」

「ビビ、やーめた！」

「オ、オレさまも！」

やっとお子様二人が落ち着いたので、俺達大人は運ばれてきたエスプレッソを飲んだ。

しばらくくつろいでいると、またお決まりのやつらがやって来た。

そう、牙狼だ。

「よぉ、エイシャル、ジライア……」

ゲオが軽く手を上げて言う。

「なんだよ、俺達のストーカーか？」

「ふんっ、そんな暇はないんでな」

ゲオは相変わらずクールに言い返してくる。ふん、少ーしイケメンだからって！

「俺達もコーヒー祭りを楽しみに来ただけだ。じゃあな」

そう言ってゲオは四人の仲間と別の席に座った。

ケル・カフェでくつろいだ俺達は他の店にも行ってみる事にした。

コーヒーゼリー店、コーヒーケーキ店、コーヒーマグカップ店、コーヒーTシャツ店、コーヒーメーカー店……女性陣とコーヒー好きのビッケル、ラボルドは興奮して、色々なグッズやお菓子を買っていた。

コーヒーばかりというのも、なんだかなあ。肉が食いたくなってきたや……

俺はそんな情緒のない事を考えながら、ビッケル達についてコーヒー関連の店を梯子《はしご》していった。

みんな笑顔で買い物していて、俺も来てよかったと、思い直したその時——

町の警報が鳴り響いた。

『闇落ちパーティ千羽が、ドラゴンを引き連れて町に攻撃を仕かけています！　みなさん、大きな建物の中に入ってください！　繰り返します……』

空を見上げると、空竜が三体、魔竜が三体。それぞれ、人が一人ずつ乗っている。

ドラゴンは魔法を放ち、建物を破壊して回っている。

既にジライアとアイシス、ダリアは武器を構えていた。

「ヘスティア、フレイディア！　あのドラゴンと戦えるか!?」

『三体ずつか……ちと厳しいな……』

ヘスティアが珍しくそう答えた。

水竜のウォルルやアースドラゴンのモグは屋敷だ。

どうすれば……その時、ゲオがやって来て口笛を吹いた。

すると、ウィンドドラゴンと天竜《てんりゅう》がゲオの側に舞い下りた。

『四対六ならイケるわ』

フレイディアが言い、氷竜の姿になった。

ネレがフレイディアの背に乗り、舞い上がる。

『ちっ、貸しだぞ、主人！』

そう言って溶岩竜の姿になったヘスティアには、サシャが乗る。

ウィンドドラゴンと天竜もそれぞれ空で戦うようだ。

千羽のメンバーは竜の背から飛び降り、俺達制王パーティと牙狼パーティの前に立ちはだかった。

彼らの目は充血し、髪は逆立ち、顔色はどす黒い。

「ゲオォォォ！　勝負だぁぁぁ！」

千羽のリーダーらしき男が言った。

「クレイム……こんな形で戦う事になるとはな……残念だ……」

ゲオは大剣を引き抜いた。

ジライア、ダリア、アイシスもそれぞれ千羽と対峙している。

えーと、俺はどうすれば……!? 避難するのか、戦うのか迷っているうちに、千羽の女メンバーと対峙していた。俺は慌てて魔死神剣を構える。

「なぜだ!? なぜ、罪もない町の人達を襲うんだ!?」

「黙れぇぇぇ！！！ お前らなどに、私達の悲しみがわかるものか！！！」

悲しみ……？ なんだよ、悲しみって!?

それを聞こうとした時、千羽の女メンバーが斬り込んできた。

「おしゃべりは終わりよぉぉぉ！」

俺は戦いに集中する。

俺の敵は二刀流の使い手のようで、二つの刀で斬りつけてくる。それを魔死神剣で受け止める必要があるが、二つの刀を一本の剣で受け止めるのは、かなり無理がある。

しかし、その打ち合いの中で、魔死神剣が敵の腕を掠《かす》めると、相手は後退し、どす黒い血を吐いた。

そうか、魔死神剣の効果『即死《そくし》』が出たんだ。普通のモンスターであれば、この効果だけで倒せるが、魔王に強化された人間だとそうはいかないみたいだな。

だが、斬り込むなら今だ！

俺は魔死神剣を振り抜き、千羽の女の肩を斬りつけた。

「がはぁぁぁぁあああ！！！」

千羽の女は地面に膝をつき、刀二本でかろうじて身体を支えていた。

トドメを刺そうとしたその時、空竜と魔竜《まりゅう》が舞い下りて、素早く千羽のメンバー達を乗せ、また飛び立とうとした。俺はすかさず炎神を召喚してそれを防ごうとするが……

「エイシャル……逃してやれ……」

ゲオが俺の前に立ちはだかった。

「お前……」

「クレイム……本当に残念だ……だが、二度は逃がさない……次は……殺す」

ゲオは傷を負ったクレイムにそう言うと、空竜と魔竜が飛んでいくのをやりきれない表情で見ていた。

「ゲオ、大丈夫か？」

「俺に怪我はない……」

「いや、そうじゃなくて……」

「きっと……千羽はまた攻めてくるだろう……その時は、俺も覚悟を決めなきゃいけない……エイシャル、アンタにかっこつけて倒すとか言っといてこのざまだ……我ながら甘ちゃんだぜ……」

千羽を逃したゲオはそう言って自嘲した。

「いや、それが人間ってもんだよ。俺はお前を甘ちゃんだとは思わない。だけど、次は……」

俺はその続きを言えなかったが、ゲオは静かに頷いた。

コーヒー祭りは最悪な後味を残して終わった。

俺は制王組のみんなの無事を確かめると、辺境の屋敷への帰路につく。

みんなあまり喋《しゃべ》らなかった。

ドラゴンの攻撃によって亡くなった町の人や、ゲオの気持ちなどを考えると、やりきれないものがあった。一体なぜこんな事になったのだろうか？

サイコとかいうやつが全ての鍵を握っている。そんな気がした。

その日はみんな、それぞれの部屋で過ごしてゆっくり眠った。

◇　◇　◇

あんな事があっても日常は続く。

次の日、俺が抹茶ラテを飲み、仕事に向かおうとした時――

「ゲオがきてるのだ！」

ビビアンがやって来てそう告げた。

え、アイツが……!?

びっくりしつつも、門の横の戸口から出ると、そこには確かにゲオが天竜を撫でながら立っていた。

「お、お前……なんで、ここに？」

「少し話があるんだよ……」

ゲオはそう答えた。

ゲオをリビングに通すと、シルビアがアイスティーを出してくれた。

「なんだよ、話って……？」

俺は中々口を開かないゲオにそう切り出した。

「俺はアンタに散々憎《にく》まれ口を叩いたが、アンタらの力は認めている……」

「……それで？」

「今回千羽はドラゴン六体のみを連れてきたが、やつらが任されているらしい第三魔王軍を動かす事もできるだろう。千羽を逃した事はもしかしたら、最悪の結果を招くかもしれない」

ゲオはうつむきがちに言った。

「それもわかった上で、それでも……お前はトドメを刺せなかったんだろう？」

「ふん。そうなるな……」

「話ってそれか？」

「いや。今度第三魔王軍を連れた千羽と戦うなら、アンタらの力が必要だ。俺達と共に戦ってくれないか？」

頭を下げるゲオに、俺は尋ねる。

「なぁ、一体闇落ちって何なんだ？　サイコって一体……」

「サイコの元の名前は、サイコ・ザルジャス。ガルディアの名門貴族ザルジャス家の長男だ」

「ザルジャス家……ウチとも親交があった家だ。でも、あそこに長男って……確か女子しかいなかったはずだ」

追い出されてはいるが、俺も元貴族。名門ベルベラット家の出だ。しかし、ザルジャス家に男がいるなんて聞いた事はなかった。

「いたんだよ。ただし、小さな頃から化け物扱いされて物置き小屋に閉じ込められていたけどな。さらに、十八歳になったサイコはルーファス大陸に捨てられた。お前みたいに辺境の領地の方がまだマシさ。ルーファス大陸に捨てられたら、魔物の餌食《えじき》になるだけだからな。しかし、サイコは運良く魔王に取り入った。サイコの人間への憎しみは深い。やつは……サイコは、人間を滅ぼすつもりだ……」

いつになく流暢《りゅうちょう》に語ったゲオは、アイスティーを一口飲んだ。

「……なるほど。経緯はわかった。だけど、俺にまだ隠してる事があるだろ、お前」

「悪いが、それ以上は喋れない。これは、国家機密に関わる情報だ。だが、エイシャル、お前にも少しはサイコの気持ちがわかるだろう？　少なくとも、俺よりは、な」

「確かに俺も、みんなクソだ、と思ってた時期はあった。この辺境に飛ばされる前は軟禁状態だったからな。しかし、物置小屋からルーファス大陸か……想像もつかんな。俺は仲間に恵まれたからなぁ」

「そうだな……ジライア達は良いやつだ……話はそれだけだ。第三魔王軍は手強いぞ。力を貸してくれる事を願っている」

ゲオは門の前に待たせていた天竜に乗って空高く飛び去っていった。

サイコ・ザルジャス……第三魔王軍の千羽ではなく、ソイツを倒さなくては事件は終わらない。

俺は暗い気持ちで、ビッケルの畑の収穫を手伝う事にした。

◇　◇　◇

翌日、もやもやした気持ちを抱えたまま、なんとなしに果樹園を覗きに行った。

「ラボルドさん、僕と秘密の小部屋行きません？」

「……行きません！」

ルイスがラボルドをナンパしていた。

俺は見なかった事にして踵《きびす》を返し、モンスター牧場に足を運んだ。

あれ？　ウォルルとマルクがいないぞ？

と、思ったらマルクがウォルルの背に乗り、モンスター牧場の上を飛んでいた。

ふむ、問題なさそうだなぁ。

行く所がなくなった俺は屋敷に戻って新聞を読む。その日の新聞にはこう書いてあった。

●今回のセントルルア襲撃事件
この度、非常に残念な事にセントルルアの町から十二名の死者が出てしまいました。

闇落ちパーティ千羽の、いいえ、魔王の、町の人達に対する仕打ちを許す事はできません。

町は制王様パーティと牙狼によりなんとか守られました。

しかし、千羽は傷を負いながらも逃げ帰ったようです。

いよいよ魔王軍との本格的な戦いが始まるのでしょうか。

●セントルルアの復興
この襲撃でセントルルアの建物が破壊されました。

ガルディア王はセントルルアの復興に力を入れると言っています。

なお、セントルルアの各店舗には復興募金箱が置いてありますので、みなさんぜひ寄付をお願いします。

●NEWペットショップ
最後に明るいニュースをお伝えしますと、サイネル国の商業の町サミルで、新しいペットショップがオープンします。

可愛い子犬や子猫があなたの訪れを待っていますよ！

ぜひ、サミルのペットショップへ！


俺は超複雑な気分で新聞を閉じた。

ちょうどその時、シルビアが夕食に呼びに来たので、ダイニングに足を向ける。

今日の夕食は、カルボナーラうどん、ほうれん草とエノキの胡麻和《ごまあ》え、冷やしトマト、ワカメスープだった。カルボナーラうどんは濃厚なクリームが太めの麺に絡みついて、とても美味しかった。

「そういえば、サイネル国のサミルで新しいペットショップがオープンするらしいよ」

俺がなんとなく口にすると、シルビアが明るい声を上げる。

「あら、良いわね！　ぜひ、行きましょう」

「俺は……ドーベルマンが欲しい……」

「あら、小型犬が可愛いですわよ！」

ぼそっと呟いたロードにリリーが反対する。

「いっそ、猫にすればぁ？」

「いや、猫なら犬の方が……」

ダリアとジライアは派閥争いをしていた。

「まぁまぁ。あのさ、言いにくいけど、見るだけで買わないよ？」

俺の言葉に切れ気味に反応したのはネレだ。

「……なんで？」

「い、いやだって、モンスターも動物も飼ってるし……」

「しかし、ペットはいないであります！」

ラボルドが口を挟んできた。

「いなくて良いじゃんか？」

「ビビも猫が良い～！」

「いや、ビビ、だから、まだ飼うわけじゃ……」

「とりあえず、行ってみたら良いんじゃないですか？」

ルイスにまで言われてしまったので、俺はまぁ、それはそうだと思い直す。

というわけで、サミルの新しいペットショップにみんなで行く事が決まった。

うーん、なんだかみんなペットを飼う気満々らしいが、はっきり言って俺はモンスターだけで十分だ。

◇　◇　◇

数日後、久しぶりの休みがやって来た。

みんなには前日に給料を渡しているので、それぞれ遊びに行って羽を伸ばすのだろう。

そう思っていると、女性陣が慌ただしく洗面所と部屋を行ったり来たりしている。

一体なんだろう？　と思ってダリアに尋ねると……

「今日は女性陣全員で女子会なのよ。スイーツバイキングに行ってくるわぁ。エイシャル、来る？」

「いやいや、スイーツも女子会も俺は無理だよ。楽しんでな、ダリア」

俺はそう答えて、モンスター牧場に向かった。

◇　◇　◇

今日は初めての女子会だ。しかも、スイーツ食べ放題。

私――シルビアは気合を入れて紺色《こんいろ》のバルーン袖《そで》のワンピースを着て、パールのチョーカーをつける。イヤリングもパールで合わせた。

そして、黒のバッグと黒のパンプスで全体を引き締める。

うん、良いわね。

化粧をすこーし濃いめにして、準備完了だ。

私はリビングに下りていった。

「おや、シルビアさん、今日もお美しいですね」

ルイスはそう言うが、彼はたぶん微塵《みじん》も私に興味がない。社交辞令だ。ルイスは男と筋肉にしか興味がないのだから……まぁ、私もルイスは好みじゃないけどね。

三十分後には全員揃った。

「エイシャル、屋敷の事よろしくね？　お昼ご飯は……」

「大丈夫、大丈夫。適当に食べるから、行ってきていいよ」

「そう……？　じゃあ、行ってきます」

私は家事を心配しながらも、リリー達と馬車でセントルルアに向かった。


セントルルアは相変わらず賑わっていた。

町の裏通りの一角に『ソーレ』というスイーツ店がある。私達はきゃっきゃと話しながら、今回の目的地であるそのお店に入った。

抹茶のシフォンケーキやイチゴのショートケーキ、ブルーベリーのタルト、ザクロゼリー、ベイクドチーズ、パウンドケーキなどなど……店にはたくさんのスイーツがオシャレなお皿やケーキスタンドに並べられていた。

私達は目を輝かせて、髪を結び、スイーツを食べる態勢に入る。

私は大好きなチョコレートケーキとプリン、ミルクレープを取った。

ちなみに、今回のメンバーは、私、サシャ、ネレ、ニーナ、リリー、エルメス、ダリアの七人だ。

フレイディアちゃんは女子会に興味がないらしく、誘っても来なかった。

ビビアンはお留守番だ。

コーヒーと紅茶も飲み放題なので、みんなそれぞれコーヒーか紅茶かを選んだ。

そして、女子会と言えばもちろん、恋バナである。

「ねぇねぇ、好きな人いるの？　みんな？」

サシャが口火を切る。私はどう答えるべきか悩んでいた。

「ネレと私はゲオさんのファンなのよね！　ねぇ、ネレ？」

サシャが最初に告白すると、ネレが同意した。

「うん。カッコ良い」

ゲオさんか……確かに、黒の長髪は似合っているし、いわゆるイケメンで間違いないだろう。

戦闘の腕も確かだし、ネレとサシャが憧れる気持ちもわかる。

「ニーナはラークさんよねぇ？」

ダリアが尋ねると、ニーナは元気に頷く。

「そうっ☆　たまにダンジョンで会うよん！」

ラークさんとは、ガルディアの騎士長の事だ。まぁ、真面目そうで好感が持てるタイプかな？

などと考えていると、サシャが私に話を向けた。

「シルビアは？」

「わ、私は……秘密！」

「ずるーいっ！」

「リリーとダリアとエルメスだって言ってないじゃない？」

ニーナの言葉に、私はさりげなく別の人に話がいくよう答えた。

「私は特にいませんわ」

「私もよぉ」

リリーとダリアが言った。

あ、そう答えとけば良かったのね……

「エルメスは？」

ネレが尋ねると、エルメスが答える。

「私は牙狼のシンシアさんですです♡」

確か、牙狼の副リーダーで塩顔のイケメンだ。

みんな、結構面食いね……私はイケメンじゃなくても、ちょっと母性本能をくすぐるタイプが好きなんだけど……とは、言いにくくなってしまった。

「あら、じゃあ残るはシルビアさんですわね。秘密って気になりますわ」

リリーが妖艶《ようえん》な笑みをたたえてそう言った。

「た、大した事じゃないのよ。だけど、ほら！　その……」

私は完全にドツボにハマったようだ。

「あ、わかった！　シルビアもゲオさんね！　私達と被るから遠慮してるんでしょ⁉」

サシャが見当違いな事を言った。うん、と言った方がいいのかな？

だが、みんな正直に話しているのに、それはフェアじゃないだろう。

「私はその……エイシャルが良いと……」

私は小さな声で言った。しかし、みんなにはしっかり聞こえたようだ。

「えー⁉　エイシャルっ⁉」

ニーナがびっくりしている。

「うーん、エイシャルはないわぁ……」

「へ、へぇ……まぁ、好みは人それぞれよ……ね……？」

ダリアとサシャは若干引いているみたいだ。

「お似合いですです～♡」

「そ、そう？　エルメス⁉」

エルメスの言葉に、私は思わず食いついた。

「はいです♡　エイシャルさんは少しボケボケな所があるから、しっかりしたシルビアさんといいカップルですです！」

「それはあるわね！」

サシャも同意する。

こうして、衝撃の告白を無事済ませた後、ここでの話は決して他言しない事を誓って、私達は帰路についた。

帰ると、お土産のドーナツをビビアンとクレオにあげて、男性陣が見事に散らかした屋敷を片付け始める。

そして、休日の女子会はあっという間に幕を閉じたのだった。

◇　◇　◇

休みが明け、今日から仕事再開だ。

俺――エイシャルは張り切ってスケジュールボードをかけた後、カゴを背負って、薬草を採取しに裏山に来ていた。

『採取』スキルを使うと、ナズナと黒い《くろ》草《くさ》が採れた。黒い草は物理攻撃や魔法の命中率を上げると言われているので、それなりに高く売れるはずだ。

俺は黒い草を重点的に採取すると、マルクのモンスター牧場に行ってモグを借り、セントルルアに飛んだ。


モグは安定感のある飛びっぷりで、セントルルア近くまで俺を送ってくれた。

ラーマさんの道具屋で二十本の黒い草を売ったところで、ふと思い出す。

そういえば、釣り竿を買いたいと思っていたんだ。

そろそろ、『釣り』スキルも大物が釣れるレベルになってきた。今までの竿では不安が大きい。

俺は専門の店に入り、マグロ用の魔法釣り竿――デビットルを購入。

上機嫌で屋敷に帰った。


屋敷に戻った俺は汗だくになった体を洗うため、風呂場に直行した。

いい湯を浴びて、上がると、ビッケルが冷えた烏龍茶を差し出してきた。

「プハー！　生き返るなぁ。サンキュー、ビッケル」

礼を言ってお茶を飲み干す。

ふと、リビングを見ると、ビビアンとクレオとリリアが眠っていた。

またかぁ……勉強はどうなってるんだ？

二人のプリントを覗き見ると、勉強くんという問題集のオリジナルキャラの顔にメガネとヒゲの落書きがしてある。

全く……しかも、間違いだらけじゃないか。

俺はため息をついた。


そのうちみんな帰ってきて、夕食の時間になった。

そこで、エルメスがある話題を持ち出す。

「そういえば、サミルの町のペットショップに行きたいですです〜♡」

「じゃ、明日の夕方行こうか」

俺が時間について言うと、リリーが残念そうな表情を浮かべる。

「夕方までは仕事って事ですの？」

「うん、まぁ……少しは早く切り上げてもいいけど……」

すると、みんなから歓声が上がった。

「少しだけだぞ!?」

俺は念を押すが、聞いちゃいない。

「ねぇ、犬と猫で投票しない？」

「おい、サシャ。どっちも飼わないぞ？」

「エイシャルは黙ってて！　どっちが人気があるか決めるだけだから！」

サシャはそう言って、犬か猫、どちらが好きかみんなに手を上げさせた。

結果、十対九で猫の勝利だ。

「じゃあ、飼うなら猫ちゃんね」

「どっちも飼ったらぁ？　恨みっこなしで」

シルビアとダリアがそんな事を言った。

俺は断固として反対する。

「だから、どっちも飼わないって！」

「まぁまぁ、ペットショップに行ってから決めたらいいじゃないですか」

ルイスが仲裁に入った。

猫か犬か？　の話は大いに盛り上がり、その日の夜は更けていった。

◇◇◇

次の日は案の定というか、みんな全く仕事にならなかった。

女性陣はずっと町に来ていく服でファッションショーしているし、男性陣は男性陣で働く様子がまるでない。

俺は事前に書いたスケジュールボードを消して、『休み！』と書き直し、十五時頃にはサミルの町のペットショップに出発した。


ペットショップに着くと、ビビアンが一番乗りで中に入っていった。俺達もあとに続く。

店には子猫や子犬はもちろんの事、ハムスターやフェレット、ウサギ、インコ、オウムなどもいた。

「きゃー！　うさたん可愛いですです〜♡」

「フェレットも可愛いですわ！」

エルメスとリリーがウィンドウに張りついて黄色い声を上げた。

「やっぱ、猫！」

「えー！　犬が良くないですかー⁉」

ネレとサクはまだ派閥争いを繰り広げているようだ。

それから、ドッグランで可愛い子犬達が走っているのを微笑ましく見て回る。

うーん、犬も可愛いけど、スーパーウルフの三郎がいるしなぁ……

……って、いかんいかん。飼わないいんだった。

「ビビ、あのこねこほしいのだ！　おねがいなのだ！」

ビビアンが目からおねだり光線を出して俺に言った。

「いやでも……」

「ほしいのだ……」

「う、うん……」

おねだり光線を出されては、中々断るのが難しい。

俺は結局、子猫を飼う事にした。子猫はふわふわで、耳が垂れており、確かに可愛い……

だらしない笑みを浮かべる俺に、マルクが言う。

「猫ちゃんの餌とミルク買うっす！」

「あ、そうか」

「爪研《つめと》ぎと、猫トイレ、あとキャットタワーも欲しいですね」

ルイスが思案しながら付け加えた。

「キャットタワーは今度でいいだろ。まだ子猫だし。とりあえずトイレと爪研ぎとミルクと餌を……」

「俺……キャットタワー……作れる……」

ロードがぼそっと呟いた。確かに優秀な大工であるロードに作ってもらうのがいいだろう。

屋敷に着くと、みんなはケージに入れた子猫の周りに集まった。

「名前必要！」

「うーん、何が良いかなっ？」

ネレとニーナが言った。

結局みんなで頭を捻《ひね》って、『ココ』という名前にした。

ココはミルクを飲んで眠くなったのか、すやすやと寝始めた。

みんながようやくケージから離れて、夕食の手抜きカレーライスを食べる。

新たな仲間が加わって、一日が終わろうとしていた。

◇　◇　◇

最近は休日が多かったが、いつまでも休んではいられない。マルクも増えたし、みんなを養うには仕事をしなくては。

スケジュールボードをかけて、みんなが仕事を始めると、俺も気合を入れる。

実は新スキル──『細工《さいく》』を手に入れていたので、今日はそれを試そう。

これで、鉱石やアイテムからアクセサリーなどを作る事ができるはずだ。

俺が早速刀鍛冶の蔵で、グレシャントと水の水晶を用意してスキルを発動すると、『ウォーターグレシャントの指輪《ゆびわ》』なるものができた。

『観察』を使ってウォーターグレシャントの指輪を見ると……


水魔法防御の耐性を五十パーセント上昇させる。また、水魔法攻撃の威力を四十パーセント上昇させる。


これは良い。だけど、水魔法使うメンバーいたかな？

まぁいっか。誰か欲しい人に渡そう。


屋敷のダイニングに行くと、キッチンでシルビア、リリー、エルメス、ビッケル、ラボルドが揃って野菜を切っていた。

「なんだ？　今日は野菜鍋でもするのか？」

俺が尋ねると、シルビアが人参を細かく切りながら答えた。

「違うわよ。ビビがほうれん草とピーマン嫌いで、クレオちゃんがにんじん嫌いでしょう？　だから、野菜ジュースを作って飲ませるのよ。子供には栄養が大切なんだから」

「魔法ミキサーはどこですかな？」

ビッケルの問いに、リリーが手で指し示す。

「ここですわ。さぁ、魔法ミキサーにかけましょう！」

そんなこんなで俺も手伝って、野菜ジュース作りをした。

まずは、基本のグリーン野菜ジュース。

これはちょっと緑なので、ビビアンが嫌がりそうだが、りんご、バナナ、キウイ、オレンジが入っているからそんなに野菜の味は強くない。

次に、レッド野菜ジュース。

人参、りんご、オレンジジュース、トマトも少し入っている。

二種類のジュースを可愛いグラスに入れて、クッキーと一緒にビビアンとクレオのおやつに出した。

「なにこれ～？　みどりなのだ～」

ビビアンは顔をしかめる。

「オレさまのあか……」

クレオも嫌そうだ。

「二人とも飲んでみな。美味しいぞ」

俺はそう言うと、二人は嫌そうにストローに口をつけた。

「……おいしいのだ！」

「……あまいぞ！」

ビビアンとクレオがぱっと顔を上げた。

二人は野菜ジュースをとても気に入ったようだ。

「良かったですわ。ビッケル、ラボルド、ありがとうですわ」

「野菜を切るのも中々楽しいですな！」

「いやいや、お安いご用であります！」

リリーが礼を言うと、ビッケルとラボルドは嬉しそうに笑った。

しかし——

「あら？　じゃあ、これから毎日、野菜を切る係を二人にお願いしようかしら？」

「仕事を思い出しました！」

「こちらもであります！」

シルビアの言葉を聞いた二人は、畑と果樹園に逃げていった。

そんなこんなで、お子様二人は野菜ジュースによって好き嫌いを少しだけ克服した。

◇　◇　◇

次の日の朝、相変わらずスケジュールボードをかけて一日の仕事が始まった。

俺は超強力な魔法釣り竿――デビットルを持ち、船に乗って沖へ出た。

釣りレベル10が解放されていたのだ。

さて、どんな魚が獲れるのか？

俺は船に体を固定して、竿を振った。

お、お、お!?　これはデカいぞ!?

しばらく奮闘した後、巨大なカツオが釣れた。

カツオかぁ！　好物なんだよなぁ。やっぱりカツオと言ったらたたき、だよなぁ？

その後も、三匹のカツオを釣って、俺は早々に屋敷に帰った。


キッチンにカツオを持っていくと、シルビア達から歓声が上がった。

「今日はカツオ尽くしね！　たたきかしら？」

「ユッケ作ってみてもいいです？」

「私はカツオのステーキ作るですです♡」

シルビア、リリー、エルメスが各々の希望を口にした。

俺はその場でカツオを捌いて、あとは家事メンバーに任せ、いつも通り敷地を見て回る事にした。

ロードとシャオが塀の補修を行っている。

「よっ、ご苦労様。塀の補修は日数かけて良いぞ」

「旦那、たぶん五日はかかりますぜ。何せ広い土地ですからねぇ」

俺が声をかけると、シャオがそう言った。

「あぁ、よろしく頼むよ。今日もキリのいいところで上がってくれて構わないからな」

俺は今度はバトル部屋——武器の練習に使えるよう最近作った——に向かった。

そこでは、ビビアンとクレオが戦闘の訓練をしていた。

「ビビ、いくぞ！」

クレオがちびっ子ソードを構える。

「くるのだ！」

ビビアンがプリティアメロディースティックを振り、プリティアブルーのメロディーを放った。

氷の塊が雹《ひょう》のようにクレオに襲いかかる。

「イデッ！　イデデデデ！！　うっ……うっ……うぇーーーーーん！！！　ビビがこおりなげつ

けたー！」

クレオは泣き出してしまった。うーん、一歳の差は大きいようだ。

「クレオ、大丈夫か？」

俺はクレオを抱っこして、頭を撫でる。

「ふんっ！　クレオはよわむしなのだ！」

「こらっ！　ビビ、そんな事言っちゃダメだろ！」

俺は少しきつめの声でビビアンを叱った。

「よわむしー！　よわむしー！」

ビビは余計にクレオをいじめる。

「オ、オ、オレさま、よわむしじゃ……うぇーーーーーーん！」

「よしよし、クレオ、シャーベット食べような。ビビはそんなに言うなら、おやつ抜きで練習してなさい！」

「……い、いらないもーん！」

「クレオ、今日はシャーベットにイチゴも載ってるぞ」

「グスッ……イチゴ……？」

クレオは少し嬉しそうだ。

そのまま、クレオをダイニングに連れていった。

「あら？　クレオちゃん。エイシャル、ビビアンは？」

シルビアが尋ねてくるので、俺は説明する。

「張り切ってて、まだバトル練習するみたいだよ」

「あら、そう？　せっかくビビの好きなイチゴなのに……」

「まぁ、取っておいてよ。あとであげるからさ」

俺にとってはビビアンもなんだかんだで可愛いのだ。

イチゴの載ったシャーベットを食べたクレオはソファで眠ってしまった。

ビビアン来ないな……？

ちょっと怒りすぎたかなぁ？

気になって外に出て捜してみると、ビビアンはラボルドの果樹園で桃をもらって食べていた。

うむ……ビビアン、侮《あなど》れない……

どうも、ビビアンは可愛いがられるコツを知っているようだ。

◇　◇　◇

俺――サイコは幼い頃から特殊だった。

普通、職業やステータスは十八歳の成人にならなければ与えられないが、俺は三歳で既に職業を得ていた。

両親は俺を気味悪がった。

そんな前例はなかったからだ。

五歳の時のほんの些細な事件で、両親は俺を化け物だと罵《のの》り、南京錠《なんきんじょう》の付いた物置き小屋に閉じ込めた。

朝、昼、晩の飯だけは決められたメイドが運び、それ以外に人と関わる事はなかった。

と言ってもメイドも飯を置き、食べ終わった食器を下げるだけで、言葉も交わさなかった。

俺は十八歳になるまでそうやって育った。

しかしその期間で、俺は自分の職業の力を完璧に理解した。物置き小屋の中でできる事といえば、それくらいしかなかったのだ。


十八歳になると、手枷をはめられ、船でルーファス大陸に捨てられた。

ルーファス大陸は魔王や魔族が棲む大陸だ。

さすがにヤバイと思ったし、両親を、いいや、人間を恨んだ。

だが、俺には飛び抜けた才能がある事も忘れてはいなかった。

そして、俺は悪運が強かった。

魔王の一団と偶然出会うと、魔王は能力を見てすぐに俺を気に入った。

こうして史上初、人間が魔王の参謀になったのだ。

俺は、俺を捨てたザルジャス家への復讐を忘れなかったが、俺の野心はそれだけに留まらなかった。

俺を平気でルーファス大陸に捨てた船の船長、食事だけを冷たく置いていくメイド……全ての人間を滅ぼさなくては気が済まなかった。

俺はある計画を立てた。

ある事を条件にバカな魔王を納得させ、その計画を実行に移した。

それが今、人間の大陸——アルガスとヤンバルで噂になっている、闇落ちパーティだ。

いずれは人間のほとんどを闇落ちさせ、人間を滅ぼすつもりだった。

俺はなんのために生まれてきたのだろうか?

誰からも愛されず、誰かを愛する気持ちも知らず……気付けば、復讐に走っていた。

いや、そんな事はもう構わない。

俺は全ての人間に仕返しするのだ。

愛などなくても、魔に身を落としても、俺は生きていける。

こうして、俺の復讐劇は始まった。


ある日、闇落ちしたパーティ千羽が深手を負い、六体のドラゴンと共にルーファス大陸に帰ってきた。なんと情けない。

魔王の力でパワーアップしているというのに、人間相手になんてザマだ。

千羽はエイシャルとゲオという二人の名を挙げた。

俺の計画の邪魔をする者は誰であろうと許さない。

そう改めて心に誓った。

あぁ、千羽は第三魔王軍の指揮から降格させておいた。

無様な姿を晒した罰《ばつ》だ。

◇　◇　◇

その日は久しぶりの休みの日だった。
俺――エイシャルは前日にみんなに給料を配っていたので、メンバーのほとんどは遊びに外出していた。

俺は十一時くらいに起きて、置いてあったサンドイッチを食べた。

何するかなぁ？

俺は相変わらずの暇人だ。

魔法温水プールでも作って泳ぐか……

そんな事を考えていると、マルクがやって来た。

「マルク、一緒に魔法温水プール作らないか？　ウォルルやモグ、ミュパも喜ぶぞ」

「良いっすね！」

マルクは快く了承してくれた。

アイシスにも声をかけ、俺達は三人ががりで巨大な魔法温水プールを膨らませた。

お湯を一杯に張り、完成だ。

俺はズボンだけになり、プールに飛び込む。

「最高だぞ！」

ウォルルやミュパ、ケール、モグも入ってきた。

ミュパは嬉しそうに犬かきして、ウォルルは優雅に浮いている。モグは平泳ぎのように泳いでおり、みんな楽しそうだ。

困るのは、温水から上がるとモンスター達は大きく身震いするので、置いてあった荷物がビショビショになる事だ。

でも、まぁ良いか。

泳ぎまくって体力をかなり使った俺達とモンスター達はプールから上がると、昼寝タイムをとって爆睡した。


夕方頃になって目が覚めて、魔法プールを片付けていると、町に出かけていたシルビア、リリー、エルメスの家事組が帰ってきた。

続々と他のメンバーも戻り、夜はバーベキューをする事になった。なんかことあるごとにバーベキューをやってるな。

ビッケルとラボルドがバーベキューコンロを組み立てて火を付け、シルビア達が買ってきた肉や野菜、貝類を焼き始める。肉がジュウジュウと焼けていく。俺は大好きな牛タンから食べた。

「ビビがオレさまのにくとったー！」

「あらあら、ビビアン、ダメよ。クレオちゃん、まだお肉たくさんあるわよ」

シルビアがクレオの皿に肉を入れる。

「いやぁ、プール後のビールは最高だぜ！」

アイシスはビール片手に言った。ジライアも頷いている。

「このために働いてると言っても過言じゃないな」

「ネレ、とうもろこしばっかり食べてるじゃない！」

「良いの！」

サシャとネレの口論に、俺は苦笑いした。

「まぁまぁ、たくさんあるから好きなものから食べれば良いよ」

こうして楽しい休日は終わったのだった。

◇　◇　◇

次の朝、まだ休みたい気持ちを抑えてスケジュールボードをかけた。

それぞれの仕事が始まる。

俺はとりあえず刀鍛冶の蔵に向かって新たなアイテムで『細工』を試す。

炎の玉とサンヒール草《そう》をかけ合わせると、『炎回復《ほのおかいふく》の指輪《ゆびわ》』ができた。


炎の力で回復する。その間の火属性の攻撃は無効になり、また、その他の属性の攻撃も炎を

纏う事によって半減される。

俺は色々なアイテムをかけ合わせて、十種類以上の指輪を作ると、優秀な五つだけをとっておき、残りをセントルルアの町に売りに行った。

町にやって来ると、ラーマさんの道具屋に足を運び、指輪を見せた。

「凄いな、これは……レアな指輪が揃っている……！　うーん、そうだなぁ……金貨十五枚でどうだ!?」

「それで売ります。ところで魔王軍の動きはどうなってるか、知ってますか？」

「あぁ、それなら、この新聞に詳しく載ってるぞ。銅貨三枚だ！」

ラーマさんはちゃっかりしている。

俺は銅貨三枚で新聞を、他にもビビアンにおままごとセットとクレオにミニカーを買い、辺境の領地へと帰った。

リビングでは、クレオが一から十までの数字をノートにびっしり書いていた。

「凄いじゃないか、クレオ！　ほら、コレ、ご褒美だぞ。ミニカーだ」

俺はクレオの頭を撫でてミニカーを渡した。

「オレさま、うれしい！」

えーと、ビビは？

部屋を見回すと、ビビアンはココのトイレの砂を替えていた。

「おぉ、ビビもえらいなぁ。ほら、おままごとセットだよ」

「ありがとうなのだー！」

ココは最近、ロードが作ったキャットタワーの五段のうち三段まで登れるようになっていた。

子猫の成長は速いなぁ……

父親のようにそんな事を思いながら、夕食まで自室で過ごした。

もちろん、新聞を読むためだ。

ベッドに腰かけ、アイスのケル・コーヒーを飲みながら新聞を開く。

そこには……

●千羽降格！
この度のセントルルアの町の襲撃失敗により、千羽が第三魔王軍から降格したそう。今後千羽は軍を持たないようです。

しかし、これにより、千羽は地位を奪還するために襲撃を繰り返す可能性があります。

●その名はアゲハ！
千羽の代わりに第三魔王軍を任せられたのは、アゲハという闇落ちパーティです！
なお、魔王軍は第一、第二、第三、そして、第零《ゼロ》まであります。

第零魔王軍↓魔王ビルドラ
第一魔王軍↓ドラゴン族の長
第二魔王軍↓ハイエルフの長
第三魔王軍↓闇落ちパーティ・アゲハ

このような構成になっている模様です。

●牙狼団結成！
SSSランクパーティ牙狼が、牙狼団を結成しました！
魔王軍に対抗する人間の団体で、広く人員を募集しています。

今のところ、『MAX《マックス》』『女王蜂《じょうおうばち》』『水《みず》の華《はな》』『双璧《そうへき》』などのそうそうたるパーティが参加を表明しています！

果たして、最高クラスの力を持つと言われる制王様パーティはどうするのか……⁉

牙狼団ねぇ？　まぁ、ゲオは魔王軍と戦う気満々だからなぁ。

俺達はわからない。

もちろん、アルガス大陸の町が本格的に攻撃されれば動くだろうが、サイコの能力、闇落ちパーティの謎……それらが明らかにならない事にはどうも協力する気になれないのも事実だった。

そんな事を考えていると、シルビアが夕食に呼びに来た。

今日のメニューはとんこつラーメン、餃子、煮卵、豆腐サラダだ。

みんなでワイワイと食べて、その日も終わろうとしていた。

俺は眠気が襲う中、最後の気力で明日のスケジュールボードを書いて眠りについたのだった。

◇　◇　◇

目が覚めると、身支度をして気合を入れる。

俺はスケジュールボードをかけた。

みんながそれぞれの仕事を始めた事を確認すると、俺はツルハシを持って裏山に向かった。

『採石』のレベルが10に上がっていたのだ。

たくさん採って儲けるぞ！

裏山の岩場に着き、俺はツルハシを振るう。

すると、濁《にご》ったグリーンの石が採れた。

こ、こ、これは……

俺はその場で精錬する。

エメラだ！

エメラは防御力を上げるとされる超貴重な石だ。

俺は身震いした。

さて、どこに売りに行こうか？

ローズフリー王に持っていくか。

町で売ったら大騒ぎだもんな。

というわけで、ウォルルに乗ってローズフリー城に飛んだ。

兵士も既にウォルルを見慣れており、「制王様がいらしたぞ！」と言って、すぐに城の扉を開けた。

王の間でローズフリー王が俺を迎えた。

「これは、これは、制王様。今回はどんなご用ですかな？」

「これを売りに来たんです」

俺はアイテム袋から、エメラを一つ取り出した。

「お、おぉ～！　それは、まさかエメラ⁉」

結局、ローズフリー王は二十五個のエメラを金貨二百五十枚で買い取ってくれた。

◇　◇　◇

次の日、俺達はまたも仕事を全面的に休み、アイスタシンのモンスターバトル賭博場に行く事にした。

男性陣も女性陣も馬車の中は大盛り上がりで、どのモンスターが最強なのかを話し合っていた。

モンスターバトル賭博場に着き、入場券を大人銀貨一枚、子供銅貨十枚払って購入すると、中に入った。

バトル表が壁にかけられているので、それを見ながらバトル券を買う。

うーん、どれに賭けようかな？

ウッドドラゴンとか意外と強そうだし……

だけど、順当に選ぶならファイアドラゴンかな？

『俺はもちろんファイアドラゴンだ。火に勝る物はなしだ！』

自身も溶岩竜の名を持つヘスティアはそう言って、ファイアドラゴンのバトル券を買った。

『私はアイスドラゴンよ。氷が最強に決まってるわ……』

氷竜のフレイディアは、アイスドラゴンに賭けるようだ。

俺は結局、ウッドドラゴンと、ドラレオというドラゴンとヒョウの中間みたいなモンスターのバトル券を購入した。

そして、第一試合、ファイアドラゴンとアイスドラゴンのバトルのゴングが鳴る。

ファイアドラゴンが火を、アイスドラゴンは氷を吐き出して互いを攻撃する。

互角に思われたが、段々とファイアドラゴンの火がアイスドラゴンの氷に消されていった。

そして、アイスドラゴンは氷の足でファイアドラゴンを一蹴。それが決め手となり、ファイアドラゴンはダウンした。

『あーら、悪いわねぇ、ヘスティア？　勝っちゃったわ……』

『ぐぬぬ……』

フレイディアに煽《あお》られたヘスティアは悔しそうだ。

続いて、ウッドドラゴンとアースドラゴンの試合だ。

アースドラゴンは試合が始まるとすぐに地中に潜って、地を揺らす『アースクエイク』発動するが、ウッドドラゴンは地中に根をはり、微動だにしない。

そして、ウッドドラゴンは、地中に根を伸ばし続け、アースドラゴンを捕らえた。

アースドラゴンは地上に引きずり出され、ウッドドラゴンの蔦《つた》攻撃を受ける。

勝負はウッドドラゴンの勝利で終わった。

俺はバトル券を握りしめて叫んだ。

確かに、普段からシャオやロードが言うように賭博は面白い。

勝てば、ね。

その後も様々な試合が行われ、俊敏《しゅんびん》な動きで敵を制したドラレオも勝ち残り、俺は金貨七十五枚もの儲けを叩き出した。

結局勝ったのは、俺、ダリア、サクの三人。

しかし、みんな楽しかったようで、帰りの馬車でも熱くモンスター論を語り合っていた。

あぁ、いい一日だったなぁ……

◇◇◇

その日もいつも通りの日常が始まろうとしていた。
俺はスケジュールボードをかける。
みんなはそれを確認して、それぞれの仕事に向かった。
俺はハーブ園に足を運ぶ。
『ハーブ作り』レベル4が解放されていたからだ。
ハーブ園に着くと、早速スキルを発動する。
すると……シソができた。
シソかぁ。わりと好きなんだよな。
俺はシソを三十枚ほど取り、キッチンに持っていった。
シルビア達は今夜はシソ料理だと喜んでいる。
暇になった俺は、ケル・コーヒーの豆を持ってケル・カフェに行く事にした。
久しぶりにラーマさんとゆっくり話そう。

俺は馬でセントルルアの町に向かった。


ケル・カフェに着くと、ラーマさんが迎えてくれた。

「おう、エイシャル！」

「久しぶり、ラーマさん。あ、これ、セントルルア復興募金ってやつ？」

俺は店内に置いてある募金箱に目を留める。

「ああ、千羽のやつらに結構壊されたからな。建物とかの修復に半年はかかるそうだ……」

ラーマさんは沈痛な面持ちで言った。

「じゃあ俺も募金するよ」

「いやぁ、助かるよ」

俺は首を振ってラーマさんに言う。

「俺もこの町にはお世話になっているからね」

「そうか……コーヒーすぐに持っていくから、席で待ってろ」

「ありがとう、ラーマさん」

いつもの四人がけの席に座ると、案の定というか、牙狼のゲオがケル・カフェに入ってきた。

いつものパターンだ。

「なんだ……？　今日は一人か？」

ゲオはそう言って、俺の横にある二人がけの席に座った。

「あぁ、みんな出払ってるからな。一人だよ」

「そうか……」

「牙狼団を結成したらしいじゃないか？」

俺が尋ねると、ゲオは頷いた。

「あぁ……かなりパーティも集まっている……今、二百五十パーティくらいだな」

「ふぅん。二百五十か。凄いな」

素直に感心していると、ゲオがまたぼそっと呟く。

「闇落ちしたパーティは……」

「うん？　なんだよ？」

「どうも、強力なダークバーサク系の魔王魔法をかけられているようだ……」

「ほぉ？　とすると、セイントヒールの魔法かアイテムで解けるんじゃないか？」

ダークバーサクとは、魔の者が扱う、人を操る魔法だ。

その効果を無効にするのがヒールの魔法の中でも最上級のセイントヒールである。

「そうなるな……」

「……にしては、浮かない顔だな？　ダークバーサクの魔法さえ無効化すれば闇落ちから救えるってわけじゃないのか？」

俺がなおも聞くと、ゲオは驚いた表情を浮かべる。

「今日はやけに鋭いじゃないか……そうだ……俺も何度かセイントヒールの魔法で闇落ちパーティを救おうとしたが、また魔王のもとに、いいや、厳密にはサイコのもとに戻っていったよ。ダークバーサクの魔法は解除されているにもかかわらず、な……」

ゲオはアイスのケル・コーヒーを飲みながら言った。

「つまり、闇落ちパーティを救う手段はないって事か？」

「今のところないな……じゃあ、俺は牙狼団の集会があるから行くぞ……」

「あぁ、頑張れよ」

「お前もな……」

そして、ゲオは去っていった。

俺は新聞を読んでゆっくりした後、辺境の屋敷に帰った。

先に風呂に入り、汗を流して夕食に向かった。

今日の夕食は、豚肉のシソ巻き焼き、えびしそフライ、シソのサラダ、ワカメスープだった。

豚肉のシソ巻き焼きは、シソの風味が口いっぱいに広がり、豚肉の油っこさを適度に消して、サクサクとして美味しかった。

シソのサラダはさっぱりした感じがなんとも言えず、これも美味い。

「ココがね～、キャットタワー四だんまでのぼったのだ！」

ビビアンが嬉しそうに報告した。

「そっか、ココも成長してるなー」

などという話をしながら、明日は休みだと伝えると、みんな大喜びしていた。

闇落ちパーティを操る魔王、そして、そのバックにいるサイコ……

まだまだ、俺の知らない何かがある。不安に思いながら眠りについた。

◇◇◇

次の日、俺は十一時頃に起きた。

休日という事で、みんな遊びに行っているようだ。

さて、何もやる事がない俺は困ってしまった。

生産したら働いていると思われちゃうだろうしなぁ。

ALPHAPOLIS
WEB CITY SINCE 2000
ALPHAPOLIS
アルファポリス

LN_Ver.2

アルファポリスの人気作品を一挙紹介

召喚・トリップ系

こっちの都合なんてお構いなし!?
突然見知らぬ世界に呼び出された
主人公たちが悪戦苦闘しつつも
成長していく作品。

いずれ最強の錬金術師？

小狐丸

既刊13巻

異世界召喚に巻き込まれたタクミ。不憫すぎる…と女神から生産系スキルをもらえることに!!地味な生産職を希望したのに付与されたのは、凄い可能性を秘めた最強(?)の錬金術スキルだった!!

最強の職業は勇者でも賢者でもなく鑑定士（仮）らしいですよ？

あてきち

異世界に召喚されたヒビキに与えられた力は「鑑定」。戦闘には向かないスキルだが、冒険を続ける内にこのスキルの真の価値を知る…!

既刊6巻

装備製作系チートで異世界を自由に生きていきます

tera

異世界召喚に巻き込まれたトウジ。ゲームスキルをフル活用して、かわいいモンスター達と気ままに生産暮らし!?

既刊10巻

もふもふと異世界でスローライフを目指します！

カナデ

転移した異世界でエルフや魔獣と森暮らし！別世界から転移した者、通称『落ち人』の謎を解く旅に出発するが…？

既刊5巻

種族【半神】な俺は異世界でも普通に暮らしたい

穂高稲穂

激レア種族になって異世界に招待された玲真。チート仕様のスマホを手に冒険者として活動を始めるが、種族がバレて騒ぎになってしまい…!?

既刊2巻

定価：各1320円⑩

転生系

前世の記憶を持ちながら、
強大な力を授かった主人公たち。
現実との違いを楽しみつつ、
想像が掻き立てられる作品。

転生前のチュートリアルで異世界最強になりました。

小川　悟

死後の世界で出会った女神に3ヵ月のチュートリアル後に転生させると言われたが、転生できたのは15年後!?最強級の能力で異世界冒険譚が始まる!!

既刊3巻

貴族家三男の成り上がりライフ

美原風香

アルラインは貴族の三男に転生し、スローライフを決意したが、神々からの複数の加護で人外認定される…トラブルも多い中、望む生活のため立ち向かう！

既刊2巻

Re:Monster

金斬児狐

最弱ゴブリンに転生したゴブ朗。喰う程強くなる【吸喰能力】で進化した彼の、弱肉強食の下剋上サバイバル！

第1章：既刊9巻＋外伝2巻　第2章：既刊3巻

異世界ゆるり紀行

水無月静琉　既刊13巻

転生し、異世界の危険な森の中に送られたタクミ。彼はそこで男女の幼い双子を保護する。２人の成長を見守りながらの、のんびりゆるりな冒険者生活！

素材採取家の異世界旅行記

木乃子増緒　既刊12巻

転生先でチート能力を付与されたタケルは、その力を使い、優秀な「素材採取家」として身を立てていた。しかしある出来事をきっかけに、彼の運命は思わぬ方向へと動き出す—

強くてニューサーガ
NEW SAGA
阿部正行
Abe Masayuki
既刊10巻
TVアニメ制作決定!!
人類滅亡のシナリオを覆すため、
前世の記憶を持つカイルが仲間と共に、
世界を救う2周目の冒険に挑む!
定価：各1320円⑩

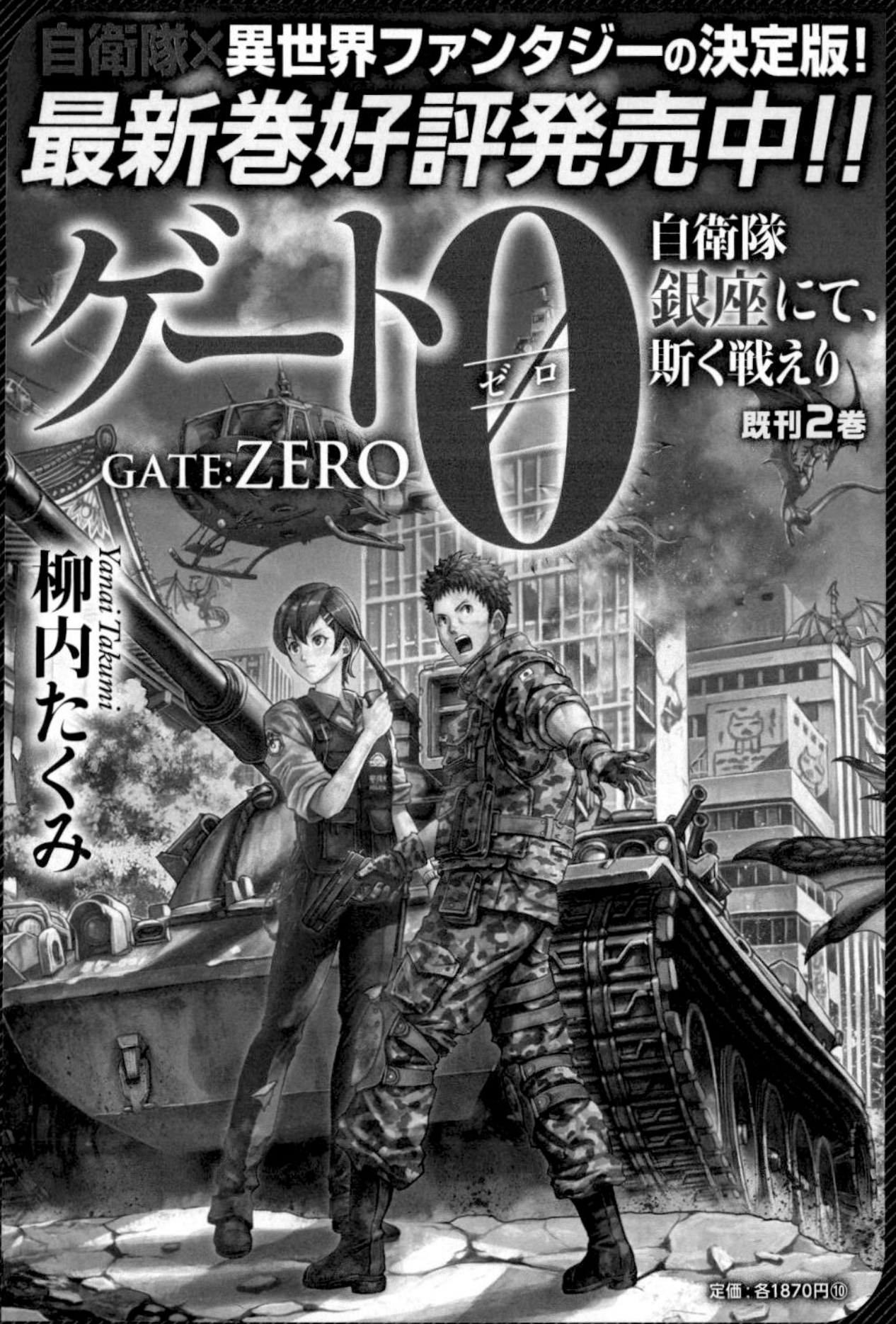

自衛隊×異世界ファンタジーの決定版!
最新巻好評発売中!!
ゲート0《ゼロ》
GATE:ZERO
自衛隊
銀座にて、
斯く戦えり
既刊2巻
柳内たくみ
Yanai Takumi
定価：各1870円⑩

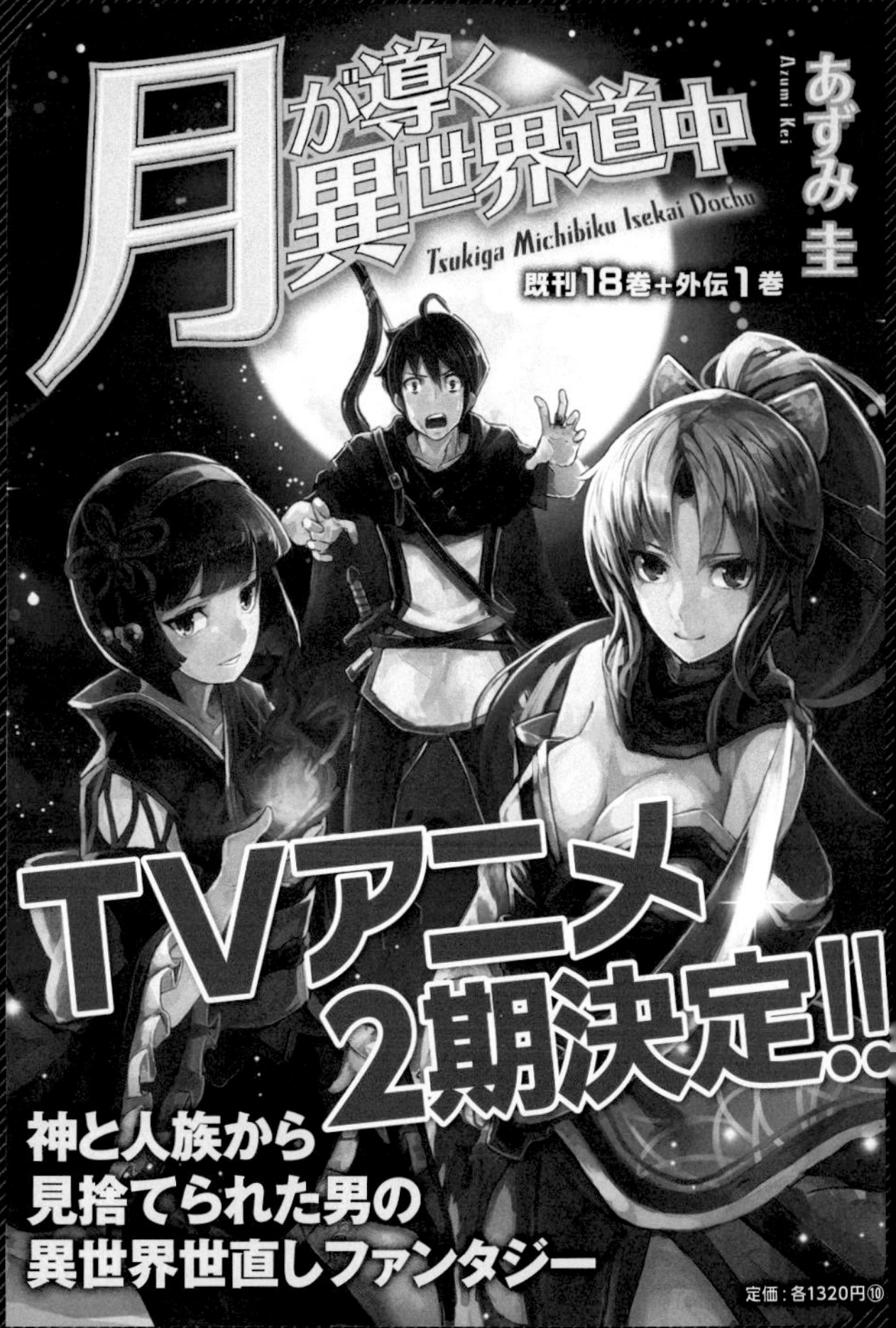

月が導く異世界道中
Tsukiga Michibiku Isekai Dochu
あずみ圭
Azumi Kei
既刊18巻+外伝1巻
TVアニメ
2期決定!!
神と人族から
見捨てられた男の
異世界世直しファンタジー
定価：各1320円⑩

ゲーム世界系

VR・AR様々な心躍るゲーム
そんな世界で冒険したい!!
プレイスタイルを
選ぶのはあなた次第!!

とあるおっさんのVRMMO活動記

椎名ほわほわ

VRMMOゲーム好き会社員・大地は不遇スキルを極める地味プレイを選択。しかし、上達するとスキルが脅威の力を発揮して…!?

既刊26巻

THE NEW GATE

風波しのぎ

目覚めると、オンラインゲーム(元デスゲーム)が"リアル異世界"に変貌。伝説の剣士が、再び戦場を駆ける!

既刊21巻

のんびりVRMMO記

まぐろ猫@恢猫

双子の妹達の保護者役で、VRMMOに参加した青年ツグミ。現実世界で家事全般を極めた、最強の主夫がゲーム世界で大奮闘!

既刊10巻

定価：各1320円⑩

実は最強系

アイディア次第で大活躍!

追い出された万能職に新しい人生が始まりました

東堂大稀　既刊7巻

万能職とは名ばかりで"雑用係"だったロアは「お前、クビな」の一言で勇者パーティーから追放される…生産職として生きることを決意するが、実は自覚以上の魔法薬づくりの才能があり…!?

落ちこぼれ[☆1]魔法使いは、今日も無意識にチートを使う

右薙光介　既刊8巻

最低ランクのアルカナ☆1を授かったことで将来を絶たれた少年が、独自の魔法技術を頼りに冒険者としてのし上がる!

定価：各1320円⑩

続々刊行中! 話題の新シリーズ

転生・トリップ・平行世界…
様々な世界で主人公たちが
大活躍する新シリーズ!

この面白さを見逃すな!

追放された【助言士】のギルド経営

柊彼方　既刊2巻

ロイドは最強ギルドから用済み扱いされ、追放される…失意の際に出会った冒険者のエリスがギルドを創ろうと申し出てくるが、彼女は明らかに才能のない低級魔術師…だが、初級魔法を極めし者だった──!? 底辺弱小ギルドが頂に至る物語が、始まる!!

【創造魔法】を覚えて、万能で最強になりました。

久乃川あずき

優樹は異世界転移後にクラスメイトから追放されてしまうが、偶然手に入れた亡き英雄の【創造魔法】でたくましく生き抜くことに──!?

既刊3巻

趣味を極めて自由に生きろ!

紫南

魔法が衰退し魔道具の補助無しでは扱えない世界で、フィルズは前世の工作趣味を生かし自作魔道具を発明していた。ある日、神々に呼び出され地球の知識を広める使命を与えられ──?

既刊1巻

幼子は最強のテイマーだと気付いていません!

akechi

森の奥深くで暮らすユリアの楽しみは、動物達と遊ぶこと。微笑ましい光景だが、動物達は伝説の魔物だった!!知らぬ間に最強のテイマーになっちゃった!?

既刊1巻

余りモノ異世界人の自由生活

藤森フクロウ

シンは転移した先がヤバイ国家と早々に判断し、国外脱出を敢行。他国の山村でスローライフを満喫していたが、ある貴人と出会い生活に変化が!?

既刊4巻

不死王はスローライフを希望します

小狐丸

平凡な男は気がつくと異世界で最底辺の魔物・ゴーストになっていた!? 成長し、最強種・バンパイアになった男が目指すは自給自足のスローライフ!

既刊3巻

そんな事を考えながら、とりあえずリビングに下り、ココと猫じゃらしで遊ぶ。

か、悲しい……

そこへシルビアがやって来た。

「あら、エイシャル暇なの？」

「うん、そうなんだよ……何かおつかいとかない？」

「うーん、魔法保存庫の中身はばっちりだし、特にないかな？」

シルビアが顎《あご》に手を当てて答えた。

「そっか。みーんな、出かけちゃってるしなぁ……」

すると、シルビアが提案してきた。

「私達も出かけましょうよ！」

「え？　でも、どこに……？」

「セントルルアによ！」

特にする事もないので、町をぶらつくのもいいかもしれない。

「良いよ。じゃ、行こうか？」

というわけで、俺達はモグに乗ってセントルルアに向かった。

「でも、セントルルアで何するの？　ケル・カフェは昨日行ったしなぁ……」

「そんなの、お買い物に決まってるじゃない！　よかったらエイシャルの私服も私が見立ててあげるわよ」

町に到着すると、シルビアはそう言って張り切っている。

ひとまず彼女に従って歩き出した。

「エイシャルはネックレスかバングルを買った方が良いわよ」

「そうかなぁ？　俺に似合う？」

そう尋ねると、シルビアは笑顔で頷いた。

「もちろんよ！　あ、あそこのアクセサリーショップに入りましょう」

「う、うん」

俺はずんずんと進んでいくシルビアに付いていった。


その後、五軒は店を回っただろうか？

俺は若干疲れていたが、シルビアはまだ買う気だ。

「あーん、さっきのバッグとこのバッグどっちが良いかしら!?」

どう違うかわからない……

「どっちも買っちゃえば？」

「予算オーバーよ」

「俺が買うよ」

「本当⁉」

というわけでシルビアにバッグを買ってあげた後、俺は彼女とレストランに入った。

「な、なんだか、デートみたいだね」

俺は勇気を振り絞って言ってみると、シルビアがくすっと笑う。

「そうね。ふふ」

とはいえ、二人の話題となるとやっぱり屋敷のみんなの事になり、それでも普通に盛り上がった。

うーん、今一歩踏み出せないなあ……

そう思いつつも、モグに乗り、辺境の屋敷への帰路についた。

しかし、町の上空を飛んでいる途中――

「エイシャル、ちょっとこっち向いて」

「え……？」

振り向くと、その瞬間、シルビアが頬にキスしてきた。

「シ、シ、シルビア⁉」

「今日のバッグのお礼よ。ふふ」

こうして、僅かに俺達の仲は進展した。

屋敷に帰ると、やっぱりいつものガヤガヤした日常が戻ってきた。

◇　◇　◇

それから数日後、セントルルアで冬祭りが行われる事になった。

みんな昨日から浮き足立っている。

珍しく、ヘスティアとフレイディアも行くと言うので、二人には竜化してみんなを運んでもらう事にした。

セントルルアに着くと、男性陣はお雑煮を食べたり、焼酎を飲んだりすると言うのに対して、女性陣はお目当ての冬限定のお楽しみ袋を買いに行った。

ビビアンは女性チームに、クレオは男性チームに入り、一時間半後にケル・カフェで落ち合う事になっている。

露店のお雑煮は鶏ガラ出汁《だし》やカツオ出汁などベースが違うものから、赤味噌《あかみそ》や白味噌などの味付けが異なるものまで、様々な種類があった。

俺達はそれぞれ好みのお雑煮を食べた。

「クレオ、餅《もち》が喉《のど》に詰まらないように注意しろよ？」

「オレさま、大丈夫だぞ！」

クレオは餅を伸ばして、楽しそうに食べていた。

「さぁ、飲みますぜ！」

シャオの言葉に、男連中が頷いた。

「自分下戸ですから、クレオ君の面倒見てるっす！」

マルクがそう言ってくれたので、俺達は思う存分に焼酎を飲む事ができた。


待ち合わせの時間になると、足元がヨロついているのが数名……

まぁ、俺もなんだけど。

ケル・カフェに着いた頃には、男達が出来上がっていたので女性陣は呆れ顔だ。

とりあえずケル・カフェで水をもらい、酔いを覚ます。

「何買ったんだよ？」

わりと酒に強く、ほぼシラフのアイシスが女性陣に尋ねると、ダリアが答える。

「バカねぇ、アイシスはぁ。わからないから、お楽しみ袋って言うんじゃないのぉ」

そう言われてみればそうだ。

「中身もわからないのに、よくそんなに大金出せるな」

アイシスが言い返した。

まぁ、それももっともだ。

「男にはわからないの！」

「へぃへぃ、すみませんねぇ」

サシャが怒って言うと、アイシスが手を振って適当に謝る。

今度はシルビアが口を開いた。

「クレオちゃんにまでお酒飲ませたんじゃないでしょうねぇ？」

「まさか！　さすがにそんな事しないよ。なぁ、マルク？」

「自分がしっかり見張ってましたから、大丈夫っす！」

俺がマルクに話を向けると、彼は胸をどんと叩いて答えた。

そんなくだらない話をしていると、ラーマさんがやって来た。

「やぁやぁ、エイシャル達じゃあないか？　相変わらず賑やかだな！」

「あ、水ばっかりもらっちゃって悪い。注文しないとまずいよね？」

「エイシャルはお得意様だし、別に良いが、注文するなら今が旬のみかんゼリーと焼き芋バターが美味いぞ」

「あっ、ニーナそれっ！」

ニーナが手を挙げる。

俺達は大体がそのどちらかを注文した。

ゼリーのみかんはプリプリしていて、甘味がかなり強く、酸味がほんの少しアクセントになっていて美味しかったし、焼き芋バターはもう想像通りの香ばしさと甘味とバターのコクがあった。

俺達はラーマさんに「ご馳走様」と声をかけてケル・カフェを後にした。

そんなこんなで冬祭りも終わり、いつもの日々に戻っていくのだった。

◇　◇　◇

翌日、俺はスケジュールボードをかけた。

いつも通りの日だ。

俺は裏山で久しぶりにグレシャントを採った。

精錬も一緒に行った後、四十個のグレシャントを今回はアイスタシンの町に売りに行く事に決め、ウォルルに乗って出発した。


賑わっているアイスタシンに到着すると、俺はとりあえず道具屋に足を運ぶ。

「こんにちは～」

「あん？　見ねー顔だな？」

アイスタシンの道具屋のおじさんは怪訝《けげん》そうに言った。

「ガルディア王国の出身でして……」

「あぁ、そうか。で？　なんの用だ？」

「これを売りたいんですけど……」

「こ、これは⁉　グレシャント⁉」

俺が取り出したグレシャントを見て、おじさんはかなり驚いていた。

金貨四十枚と引き換えにグレシャントをおじさんに渡し、店を出ようとする。

その帰り際……

「しかし、物騒な世の中になったもんだなぁ」

おじさんは唐突に言った。

「どうかしたんですか？」

「ガルディア出身なのに知らないのか？　ガルディアの名門貴族・ザルジャス家が魔族に総攻撃されて、みんな殺されたらしい。かわいそうになぁ……」

ザルジャス家という言葉を聞いて、俺の脳裏にはすぐにサイコの名前が浮かんだ。

「兄ちゃん、どうかしたのかい？」

黙ってしまった俺を不審に思ったのか、道具屋のおじさんが尋ねてくる。俺はすぐに笑みを浮かべて返した。

「いえ、それはかわいそうな話ですね」

「ああ、本当に。特に家主とその家内はひどい死体だったそうだ。ザルジャス家なんて攻撃して、魔王は一体何を考えてるのかねぇ……とにかく、この事件で貴族達は一層城の防御を固めるために強い戦士を雇ってるそうだな」

おじさんは悲痛な面持ちでそう言った。

「そうなんですね。色々とお話ありがとうございます。じゃ、俺はこれで」

俺はアイスタシンの道具屋を後にした。

サイコ……ついに両親への恨みを晴らしたのか。

俺も家族に追い出されたけれど、命まで取る事はできなかった。

しかし、俺が軟禁されたのはたった二年。

ゲオの話によれば、サイコは幼少期から成人するまでだ。

憎しみの感情の大きさが違うのだろう。

サイコは人間全てを憎んでいる。

復讐はここでは終わらない。

そんな気がした。


屋敷に帰ると、変身したクレオとビビアンが空を飛んでいた。

「ビビアン～！　クレオ～！」

俺は空に向かって呼ぶ。

「「エイシャル！」」

二人はガオガオー号とリリアでゆっくりと下りてくる。

「おやつの時間だぞ。二人とも手洗いうがいしろ」

「「はーい」」

自分も手を洗って、アイスタシンで買ってきたイチゴタルトを並べた。

シルビア達の分ももちろんある。

「アイスタシンはどうでしたの？」

リリーが紅茶を注ぎながら尋ねてきた。

「あ、あぁ……まぁまぁかな」

俺はそう答えた。

ザルジャス家の話は伏せておいた方が良いだろう。

お子様達もいるし。

「まぁ、とにかくイチゴタルト食べようよ」

俺はそう言っておやつをすすめた。

お子様二人は既にいただきますをして食べ始めている。

「だけど、最近物騒になってきたわね。この間も闇落ちパーティらしい人達とすれ違ったのよ。向こうは帰る途中だったみたいでこそこそしてたから、何もなかったけれど……それに、ヘスティアがいたし」

シルビアが言う。

「そっか。警戒を強めないといけないなぁ」

俺はそうぼやいて、なんとなしに対策を考え始めた。

おやつの後はお子様二人は昼寝を始め、自室で考え事をしていた俺もなんだかんだで眠ってしまった。
敷地を見て回ろうと思っていたのに……
あっという間に夕飯になり、相変わらずみんなでワイワイ食べた。
だけど、この平和がずっと続くのだろうか？
……って、何を弱気な。
俺はこの平和な家族を守らなきゃいけないんだ。
何があっても……！
みんなの笑顔を見て改めてそう思った。
そうして夜は更けていった。

◇　◇　◇

そして、次の日の朝。
いつも通り、スケジュールボードをかけて、仕事が始まった。
俺はラボルドと一緒に果樹園に行く。
『栽培』の新しいレベルが解放されていたからだ。

とりあえず果樹園と畑の間の土にスキルを発動した。

すると……

「さくらんぼの木であります！！！」

ラボルドが興奮した面持ちでそう言った。

さくらんぼかぁ……

デザートの飾りってイメージが強いけど、使い道あるのかな？

俺はとりあえずそのさくらんぼの木を果樹園に移動した。


カゴいっぱいにさくらんぼを取り、シルビア達に持っていくと……

「まぁ、さくらんぼですわ！　ジャムができますわね！」

リリーが嬉しそうにそう言うと、シルビアがてきぱきと指示を出す。

「じゃあ、ジャムはリリーに任せて、私はチェリー酒を作るわ」

「じゃ、エルはさくらんぼシャーベット作るですです♡」

意外とさくらんぼは好評のようだ。

酒ができるなら、まぁ良いかな？

そう考える俺も俺で現金だ。

というわけでさくらんぼをシルビア達に託《たく》して、俺はビビアンとクレオの勉強を見てあげる事にした。


俺がワクワク子供部屋に行くと、ビビアンとクレオはおままごとをして遊んでいた。

「おとうさん、おちゃなのだ！」

ビビアンが湯呑みを差し出す。

「ありがとうだぞ！」

お父さん役のクレオがそれを飲む真似をする。

……全く、勉強してないじゃないか！

「クレオ！　ビビアン！　勉強はどうした!?」

俺が二人を叱ると、その声に動じる様子もなくビビアンが言う。

「あ、おにのエイシャルがきたのだ！」

誰が鬼だ、誰が。

呆れながらも、ビビアンとクレオに勉強するように言う。

「ほら、二人とも机に座りなさい」

「えー!?」

「だって、もうおわったぞ！」

ビビアンとクレオは文句を垂れた。

「じゃ、丸つけるから持っておいで」

そう言うと、クレオは素直に算数のノートを持ってきた。

……うん、全部合っている。

俺は大きく花丸を付けた。

「凄いぞ、花丸だ！　クレオはおやつ食べに行っておいで」

俺が笑みを浮かべると、クレオは万歳した。

「やったぞ！」

「ビビアンもノート持ってきなさい」

「ぶー……」

ビビアンは渋々、文字練習のノートを持ってくる。

「なんだこりゃ！　『へ』の字が百八十度回転してるぞ⁉　『花』は絵になってるし……」

俺は呆れてノートを見る。

「お花はえの方がかわいいのー！」

「ダメダメ。ちゃんとやらないとビビアンはおやつ抜き」

俺が心を鬼にして告げると、ビビアンは泣き出す。

「び、び、びぇーーーーん！！」

「泣けば解決する事じゃないぞ？　ほら、一緒に書こう」

「ぐすっ……おやつなくならない……？」

「大丈夫だよ、ビビのは取ってあるから。花丸だったら、お代わりもあるぞ」

「ビビ！　がんばる！」

というわけでなんとか字の練習を終えて、おやつの牛乳プリンにありついたビビアンだった。


そうこうしているうちに敷地組とギルド組が帰ってきた。

俺も風呂の順番待ちをする。

そうして、十九時には全員そろって夕飯を食べた。

今日の夕食は、唐揚げ、パプリカとしめじ炒め、レタスときゅうりの塩昆布サラダ、ワカメスープだ。

俺は唐揚げにレモンをかけるタイプなので、脇《わき》に置いてあったレモンを搾《しぼ》って食べた。

カラッと揚がった唐揚げとレモンがマッチして、油と酸味がいい味だ。

「ギルド組は今どこら辺に行ってるんだ？」

俺が尋ねると、ネレがぼそっと答える。

「天空の塔八十五階」

「へー！　百階には何があるんだろうなぁ」

そんな話をして賑やかな夕食は終わった。

俺はお子様二人に歯磨きするように言って、明日のスケジュールボードだけ書く。

そして、ホットミルクを一杯飲むと、眠りについた。

第三章　打倒！　闇落ちパーティ

俺——魔王ビルドラは、たった一人を除き、人間など汚らわしいと思っていた。
今もその考えは変わらない。
サイコと出会った時、やつは自分の能力を使ってみせた。
正直、驚いた。コイツは使える。そう思った。
そして、すぐにサイコを参謀に取り立てた。
魔王大陸始まって以来初の人間の参謀だった。
サイコの計画は思い通りに動いた。
闇落ちパーティ、魔王軍の強化……
だが、俺はサイコに心を許してはいなかった。
用が済めば、適当な理由を付けて殺そうと思っていた。
やつも俺を利用しているに過ぎない。

お互いにそれを感じ取っていたのだ。
サイコの目的は人類全てに復讐する事。
俺が汚らわしい人間どもを殺そうとする目的と一致していた。
ただそれだけの事だった。
不幸の連鎖を利用して、闇落ちパーティをどんどん作っていった。
サイコの能力は何なのか？
なぜ、そんな気の置けないやつに魔王の俺が協力するのか？
それは、俺でさえもサイコの能力にすがるしかなかったからだ。
俺でさえも……
だが、その目的さえ達成すれば、サイコを抹殺《まっさつ》する。
さて、俺とサイコ、どちらが上手《うわて》なのか？
それは誰にもわからない。
どちらが最後に笑うのか？
それも誰にもわからない。
さぁ、命懸けの騙《だま》し合いが始まる。
いや、もう始まっているのだ。

◇　◇　◇

俺はゲオ。
牙狼と、牙狼団を束《たば》ねるリーダーであり、職業はスキルコピー師だ。
百ものスキルを操る俺は無敵かのようにも思われた。
しかし、人間は弱くもろい生き物だ。
俺が可愛がっていた、弟分のパーティ、千羽が闇落ちした。
その情報を聞いた時、信じられずに思わず「嘘だろ……」と呟いた。
だが、千羽は魔王のドラゴンに乗り、顔色をどす黒くして町を破壊しにやって来た。
俺は、そんな千羽にトドメを刺す事ができなかった。
わかっていたんだ。
サイコの能力も、千羽の悲しみも、全部ぜんぶ。
やるせない。
ただそれだけだった。
千羽はヨロけながらドラゴンに乗り、魔王大陸へと帰っていった。

『次は……殺す』

俺はそう千羽のクレイムに言った。はっきりと。

その時、共に戦ったエイシャルはしかし、牙狼団に入ろうとはしなかった。

制王様は特別ってわけか？

ふん、気に入らない。

まぁ、エイシャルも真実を知れば、この悲しみの連鎖を止めるために立ち上がるだろう。

俺はさ、サイコ。

お前さえも救ってやりたいんだよ。

復讐という名の地獄《じごく》から。

そう言うと、エイシャルに「甘ちゃんはお前じゃないか！」と言われるかもしれないが……

この悲しみと復讐の連鎖を断ち切るのは、俺達しかいない。

◇　◇　◇

その日も俺――エイシャルがスケジュールボードをかけると、みんなはそれぞれの仕事に向かった。

俺も仕事に向かおうとした時、クレオがやって来た。

「もんにおうまさんがいるぞ！」

クレオはそう報告して、ガオガオー号に乗って空に飛んでいった。

またか……

俺は仕方ないので、門の隣の戸口から出る。

「何かご用ですかぁー……？」

明らかに嫌そうに尋ねる俺。

そこにいたどこかの使いは、そんな俺を見ても特に気にした素振《そぶ》りを見せず告げる。

「これは制王様！　私はサイネル王の使いでございます。エイシャル様に、明日午前十一時に城に来ていただきたいそうです」

「はぁ……わかったよ、行けばいいんだろ、行けば」

俺は投げやりに答えた。

「ありがとうございます！　よろしくお願いします！」

サイネルの騎士は丁重にお礼を言うと帰っていった。


次の日、十時半には家を出た。

今回はウォルルに乗っていく。

あっという間にサイネル城に着き、顔パスで中に入った。

「おぉー！　制王様！　来てくださったのですね⁉」

サイネル王は感激したように言った。

「えぇ……まぁ。来たくなかったけどね」

後半は聞こえないよう呟きつつ、サイネル王を見る。

「まぁまぁ、制王様。サイネル産のビールがありますぞ。一杯キュッと！」

うーん、まぁいっか！

俺はビールにほだされて気を良くし、サイネル王と軽く飲み、つまみを食べた。

「それで俺にどんな頼みがあるんですか？」

俺が切り出すと、サイネル王は神妙な面持ちになる。

「あぁ、それなのですが……実は、最近サイネル国ではある事件が頻発《ひんぱつ》しているのです」

「ほぉほぉ？　ある事件とは？」

「それは……墓荒らしでございます」

サイネル王は言う。

「墓荒らし？　つまり墓が荒らされて、金品や供え物などが盗まれる、という事ですか？」

「いえ、そうではないのです……盗まれるのは死体なのです……」

サイネル王の言葉に、俺は思わず叫んでしまう。

「死体が!?」

どこかで聞いた事のあるような事件だ。

以前、闇落ちしたパーティのファイナルが、襲った冒険者の死体を魔王のもとに持ち帰っているという情報があった。

「犯人は墓に入れたばかりの死体を狙ってきます。そして、不思議な事に死体は二、三日経ったら戻ってくるのです」

サイネル王はなおも続ける。

「死体が戻ってくるならばいいではないか、と思われるかもしれませんが、墓場の主《あるじ》や家族は非常に気味悪がっているのです……」

「なるほど……で、俺にどうしてほしいのですか？」

薄々感づいていながらも、俺はサイネル王に尋ねた。

「墓荒らしを捕まえて理由を吐かせてほしいのです！」

「なるほど。しかし、どうやって捕まえれば……？」

こういうお願いはどうせやらなきゃいけない事を最近学んだので、俺はごねずに聞いた。

「そ、それは制王様にお任せしますゆえ……」

サイネル王は俺に丸投げした。

「あのねぇ、俺は便利屋じゃ……」

「とにかく、とにかく、よろしくお願い申し上げます！！！」

そうして、一方的に謁見は打ち切られた。


「……というわけなんだよ」

俺は夕食の豆腐ハンバーグを食べながらみんなに報告した。

「はぁ……完璧に丸投げされましたね……」

「でもっ！　それ捕まえるの簡単じゃないっ？」

溜息をつくサクとは違い、ニーナは明るい声で言う。

「どうやるんだ、ニーナ？」

俺が尋ねると、ニーナは自身の意見を口にする。

「だからっ！　新鮮な死体しか盗まないんでしょ、そいつら。だったら、死体が入る日に張り込んでればオッケーっ！」

「墓場に張り込むのかぁ……」

しかも、墓荒らしが来るのは深夜だそうだ。

そりゃそうだ。

昼間なんかに墓を荒らしていたら、速攻で捕まるからな。

「しかしさぁ？」

俺は首を傾げる。

「どうしたんだよ？」

アイシスの問いに答える。

「闇落ちパーティでも人を殺して死体を持って帰る派と、墓を荒らして手に入れる派……どうして、二通りいるんだろう？」

「そんな事考えたってしょうがないわ。闇落ちパーティの仕業と決まったわけじゃないし。とにかく捕まえなくちゃ！」

サシャの言葉に、俺は少し考えてから頷いた。

「じゃあ、ギルド組の力を貸してくれ」

というわけで、ギルド組と墓荒らしを捕まえる事になった。

いつ墓に死体が入るかはわからないので、俺達は墓場近くの宿屋に泊まり、墓場の主からの連絡を待った。

「制王様、今日二人の死体が墓場に入ります」

ここに来て数日が経った頃、墓場の主の男が俺達が泊まっている宿まで報告に来た。

「ようし、張り込むぞ」


深夜前にみんなで墓場に向かった。

木の陰や大きな墓の後ろに隠れて、墓荒らしが来るのをじっと待つ。

しかし、墓荒らしより先にお化けが出そうな雰囲気だ。

そんな事を思った時——

「来た！」

ネレが短く言った。

闇落ちしたと思われる四人組のパーティが現れた。

スコップで墓を掘り起こしている。

「そこまでだ！」

俺達は一斉にそいつらに飛びかかった。

魔法ロープで縛《しば》り上げ、身柄《みがら》を拘束する。

「さて、どうして死体を持って帰るのか……理由を教えてもらおうか？」

俺は捕まえた連中に尋ねた。

「教えると思うぅ!?」

リーダーらしき女はそう言って、ポケットから何かのボタンを出し、それを押した。

「自爆だ！」

俺はアイシスの『ウィンドウォール』で守られながら後ろに飛んだ。

そして、その瞬間、墓荒らしの四人は魔道具の爆弾によって自爆した。

「どうして、ここまでして……」

サクが悲しげな表情で言った。

「サク……仕方ないわよ……」

ダリアが慰めるように言う。

墓荒らしはとりあえずはいなくなったのだ。

この事件はいったんは解決という事になった。

俺はサイネル王に事件の経緯を説明し、身柄は拘束できなかったものの、確かに墓荒らしは死んだと伝えた。

数日後、サクが話があると言って俺を町に誘った。

俺とサクはそれぞれ馬に乗ってセントルルアに向かう。

到着すると、適当なレストランに入った。

俺はチーズハンバーグセット、サクはカルボナーラを頼む。

「初めてだよなぁ、サクと二人で町に繰り出すなんて」

「そうですね！」

「で、話って何なんだ？」

「この間の墓荒らしの件ですが……」

サクが切り出す。

「あぁ、あの自爆した闇落ちパーティか」

「少し調べてみたんですが、彼女達のパーティは『スカーレット』と言います。自爆のスイッチを押した女性は元々副リーダーで、別にリーダーがいました。しかし……」

「しかし？　パーティを抜けたのか？」

「いいえ、闇落ちパーティによって殺されたんです。リーダーはみんなを逃し、一人で闇落ちパーティと戦ったようです……」

サクが悲しげな顔で言った。

「なるほど……しかし、妙だな？　もしその話が本当だとして、リーダーが闇落ちパーティに殺されたなら……」

「えぇ、言いたい事はわかります。闇落ちパーティと魔王を恨むはずだ、と……そういう事ですよね？」

サクの問いに、俺は頷いた。

「あぁ。どうして、残りのメンバーも闇落ちしたんだ？」

俺が尋ねると、サクは首を横に振った。

「それは残念ながら調べてもわかりませんでした……だけど、スカーレットが闇落ちパーティとなったのは、リーダーのセスが殺されてから間もなくの事です。何か関係があるのではないでしょうか？」

「そうか……まぁ、今の情報じゃ残念だけど結論は出せないな」

「そうですよね……良いんです。自分の胸に秘めておくのが辛かったので、エイシャルさんに聞いてもらってスッキリしました」

サクはそう言って顔を上げた。

「悲しい事件ばかりだな、最近。闇落ちパーティには何か秘密がある。そして、それは……」

「それは……？」

「うん、とても悲しい秘密なんじゃないか、と思うんだよ、なんとなく。これは勘だけどさ」

俺は自分の考えを話した。

「いえ、僕もそう思います。もしそうなら、なんとか助けてあげたいですね」

「まぁ、そりゃあ、できる事ならな」

運ばれてきた料理を食べ終わると、俺とサクはレストランを出た。


屋敷に戻ると、ちょうどギルド組が帰ってきたところだった。

やべ、風呂場が大混雑するぞ。

もう少し早く帰っておけば……！

そんなこんなで、ほのぼのとした日常が戻ってきた。

俺は風呂で汗を流して、夕食にチキン南蛮を食べる。

アイシスがデートで振られたとか、どうでも良い賑やかな話をして一日が終わった。

スカーレット……

せめて安らかに眠ってくれ。

俺は寝る前にそう祈ったのだった。

◇　◇　◇

その日は休日だった。俺が十一時頃に起きると、みんなは既に出かけていた。

テーブルの上には、チキンパイが置かれている。

俺はそれを食べて、何をしようか？　と考えながらリビングのソファに座った。

『なんだ、主人、暇なのか？』

ヘスティアがやって来て言った。

「あぁ、まぁな。ヘスティアは？」

『ふむ。俺も多少暇だ……』

ヘスティアが答える。

というわけで意気投合した俺達は、いつものパターンでケル・カフェに向かった。


ケル・カフェに着くと、四人がけの席に座り、ヘスティアは漫画本を、俺は新聞を読み始めた。

すると、入り口のドアが開き、牙狼のゲオが入ってきた。

いつもなら、ゲッ、コイツか！　と思う俺だが、今日ばかりは聞きたい事があった。

「よぉ、ゲオ」

「なんだ……？　何か聞きたい事でもあるのか？」

ゲオは鋭い。

「いやまぁ、そうなんだけどさ。この間、サイネル王に頼まれて墓荒らしを捕まえたんだ。スカーレットっていう闇落ちパーティ」

「あぁ……スカーレット……か。かわいそうなパーティだよな。捕まえて、今は牢屋《ろうや》にいるのか……？」

「いや、自爆したよ。かわいそうってどういう意味なんだ？　お前は何を隠してるんだよ？」

俺が詰め寄ると、ゲオは言う。

「そうか……スカーレットはパーティ仲がとても良かった。お前らみたいに。そして、スカーレットのリーダー・セスは、エイシャル、お前のようにみんなに慕われていた」

「いや、俺はそこまで……まぁいいや、それで？」

俺は先を促す。

「だが、リーダーのセスはスカーレットのみんなを守って死んだんだ。スカーレットのメンバーの悲しみは深くてな」

「それと、闇落ちする事と関係があるのか？」

「まぁ、最後まで聞けよ。そんな暗い日々の中、魔族がスカーレットの面々を勧誘しにやって来たんだ。魔族はこう言った。『闇落ちして味方になれば、セスを生き返らせてやる』とな」

ゲオが衝撃の事実を口にしたので、俺は思わず言葉に詰まる。

「え……!? じゃあ、スカーレットが闇落ちしたのは、闇落ちパーティに殺されたセスを生き返らせるため?」

そんな……

そんな事ってあるのか……?

「そうだ……言ったろ、不幸の連鎖だと。確かにセスが死んだのは魔族のせいだ。だけど、魔族に復讐したところでセスは生き返りはしない。そんな時、生き返らせる手段があるぞ、と魔族に囁《ささや》かれれば……どうだ? 辻褄《つじつま》が合うだろう?」

「じゃあ、サイコってやつはもしかして……」

俺の言葉の先を読んだゲオが言う。

「察しがいいな。そうだ、サイコには死人を生き返らせる力があるのさ」

「そんな……だが、死人を生き返らせるのは禁術であって、自分の命を犠牲にしないと……」

いくら魔法でも死に関する術をほいほい使う事はできない。

禁術とされる死者の蘇生《そせい》ともなれば、術者の命を犠牲にする必要があるのだ。

しかし、ゲオは言う。

「ふん……禁術じゃないんだよ。サイコには、別の方法があるのさ。もっと簡単な、ね」

「どんな能力なんだ……⁉」

「悪いが、今日喋れるのはここまでだ。そろそろ牙狼団の集会がある。またな、エイシャル……」

そして、ゲオは去っていった。

俺は呆然として彼を見送った。

『主人、大丈夫か？』

「あぁ、平気だよ、ヘスティア。ただ、今の話は俺からみんなに言うまで、喋らないでくれ。そろそろ俺達も帰ろう」

そう言って俺は席を立った。


屋敷に帰ってきて、俺は部屋にこもった。

そんな悲しい不幸の連鎖があったなんて……

じゃあ、千羽もファイナルも誰か大切な人を失って仕方なく闇落ちしたのか？

そして、また、誰かの大切な人を殺すのかよ。

最悪だ……予想よりも悪い展開に吐き気がしそうだった。

俺は珍しく、夕食を食べずに眠った。

シルビアが心配して、薬を持ってきてくれたけど、それすら呑む気にはなれなかった。

とはいえ、日常は戻ってくるものだ。

◇　◇　◇

次の日にはだいぶ立ち直った俺は、朝食をきちんと食べ、スケジュールボードをかけた。

みんながそれぞれ仕事に向かった後、キッチンに立った。

なぜか？

『発酵』の新たなレベルが解放されていたからだ。

俺が必要なものを揃《そろ》えてスキルを発動すると、米味噌ができた。

家事メンバーは大盛り上がりだ。

「えっ!?　味噌ですの!?」

「やーん、色々作れるですです♡」

「野菜の味噌炒めと味噌ラーメン作らない？」

リリー、エルメス、シルビアが言った。

そんなこんなで、味噌を取り上げられて、俺はキッチンから追い出された。

……まぁいっか。


とりあえず俺は敷地を見て回る事にした。

まずは、モンスター牧場から。

マルクがミュパの背に乗ってもふっている。

いいなぁ……

「あっ、エイシャルさん！」

マルクは急いでミュパから降りようとする。

「あぁ、いいからいいから！　ミュパ達と遊ぶのも仕事の一つだよ。どう？　他のモンスター達は？」

俺が尋ねると、マルクは元気よく答える。

「はい、ジャイアントキャットのねこ太も、ゼブラペガサスのしま子もみんな可愛いっす！　ここのモンスター達は素直っすね！　ただ……スーパーウルフの三郎は背中が痒《かゆ》そうだったので、明日ノミ取りシャンプーしてあげたいっす！」

その間もフェンリルのミュパやケルベロスのケールが撫でてくれ！　とマルクにすり寄っていく。

モンスターに好かれているみたいだな。

「わかった。じゃあ、明日はみんなでモンスターのノミ取りシャンプーしよう。夕食の時に言っとくよ」

「ありがとうございますっす！」

というわけで、次はルイスが管理する牧場に向かった。

「よっ、ルイス、どうだ？」

俺が声をかけると、ルイスは顔を上げた。

「いやぁ、牛乳がたくさんとれましたよ！　今から半分ヨーグルトにしてヨーグルトケーキを作ろうかと……」

「おっ、いいな！　明日のおやつにしよう」

ルイスと少し会話してから、今度は果樹園に足を向けた。

「ラボルド、どうだ？」

「はい！　ビッグレモンが採れたであります！」

ラボルドは人の頭ほどあるレモンを持っている。

「へー！」

しかし、どうやって食べるんだろ？

「レモン酒にするつもりであります！」

ラボルドの考えに、俺は大賛成した。

そして、最後にビッケルの畑を訪れた。

「どうだ、ビッケル？」

「アロエの果肉を切ってるところですよ！」

ビッケルが言う。

「アロエかぁ。美容品にもなるし、助かるよ」

ビッケルと話しているうちにギルド組が帰ってきたので、俺達も切り上げて屋敷に戻る。

味噌炒めと味噌ラーメンを美味しく食べ、その後、ラボルドの作ったレモン酒を飲んだ。

夕食時にみんなにモンスターのノミ取りシャンプーの事も伝えておいた。

◇　◇　◇

次の日の朝――

八時にはご飯を済ませて、古着に着替え、モンスター達のノミ取りシャンプーに臨んだ。

初めてやるので、正しい方法はわからない。

とりあえず巨大な魔法プールを用意して、その中でシャンプーし、井戸かウォルルの水魔法で洗い流そうと考えた。

たぶんウォルルの水魔法がいいだろう。

スーパーウルフの三郎などはホースから出る水の量でも洗えるサイズだが、フェンリルのミュパやケルベロスのケールはそうもいかない。

まずは、三郎から洗っていく。

「サブちゃん、大人しくしてるですです〜♡」

エルメスが水魔法で三郎を濡らしてシャンプーしていく。

三郎は気持ち良さそうな顔で、大人しくしている。

「ビビアン、リリアもノミ取りしとこうな！」

「いたくない……？　しんぱいなのだ……」

ビビアンはリリアを撫でながら、不安そうに言った。

「普通のシャンプーと変わらないから、痛くはないよ。さぁ、リリア、綺麗になろうな！」

ビビアンがリリアの顎の下を撫でる間に、俺とマルクで手際よくリリアを濡らしてシャンプーしていく。

途中から、ビビアンも泡だらけになりながら手伝った。

リリアがシャンプーの途中で大きく翼を広げて、ブルブルと身震いしたので、俺もマルクも泡だらけになった。

「リリアー！」

「おこっちゃダメなのー！」

ビビアンがリリアを庇う。

「いや、怒っては……」

そんなこんなでリリアも洗い流し、ついにフェンリルのミュパの番がやって来た。

「いいか、みんな、人海戦術だ。アイシス、マルクはミュパの背中に乗ってシャンプー、みんなは脚を洗ってくれ。俺は尻尾《しっぽ》を洗うから」

というわけでみんなで、ミュパにシャンプーをかけまくった。

ミュパは伏せの状態で大人しくしている。

……と思ったら、やっぱり身震いした。

ミュパのせいでみんなは泡だらけになり、洗っているのか、洗われているのか、よくわからなくなった。

「ウォルル！　水かけてくれ。ゆっくりな」

俺はウォルルに言った。

ウォルルは水魔法でミュパを綺麗に洗い流した。

続いて、ケルベロスのケールだ。

そんなこんなで、毛のある全てのモンスターを洗い終えた頃には日が傾きかけていた。

みんな、ヘトヘトになり、最後の力を振り絞ってお風呂に入り、パンとベーコンをかじって眠った。

夢の中でもケールのノミ取りシャンプーをした俺は、うなされていたとさ。

◇◇◇

それから幾日か経ち——

その日は冬の終わりにあるらしい、町のマラソン大会だった。

セントルルアを出発して、ガウスの町まで約二十キロを走るというものだ。

子供部門はガウスの町を一周するだけ。

約三キロだ。

俺はマラソンが意外と得意だ。

チーム戦は苦手だが、一人でコツコツやるスポーツは結構好きだった。

みんな今日という日のために新しいランニングウェアやスポーツシューズを買っており、気合が入っている。

リリーとビッケルはマラソンが苦手だというので、ビビアンとクレオの子供マラソン部門に同行してもらう事にした。

オリジナルのドリンクを持って、みんな完璧な状態でマラソンに向かった。


セントルルアに着くと、俺達は配られた赤や黄色や緑のゼッケンを身につけた。

「今日は勝たせてもらいますぞ！　エイシャル様！」

ジライアの言葉に、俺も強気で返す。

「いやいや、負けないよ」

「今日のマラソンは体力だけじゃありませんよ。頭脳的に走らないとね！」

サクはそう言って靴紐《くつひも》を結び直す。

なんでもこのマラソン大会にはなぞなぞコーナーというものがあり、なぞなぞに正解すれば、魔法で体力を回復したり、足を軽くしたり、色々な特典が受けられるのだ。

マラソンのコースには、アンラッキー転移装置や、十秒間の監獄《かんごく》、足に鉛《なまり》などのトラップも仕かけられている。

サクはその事を言っているのだろう。

「俺……勝つ……」

ロードもやる気だ。

「俺も意外と体力はあるのであります！」

ラボルドも気合十分だ。

時間になると、女性陣も含めてスタート地点に並ぶ。

スタートの魔法銃が高らかに鳴った。

俺達はスタートラインから飛び出して走り出した。

まずは、一位か二位集団で自分のポジションを確立する事が重要だ。

しかし、スタートダッシュで既に何人かは転倒している。

さらに、アンラッキー転移や出戻りトラップが発動し、スタート地点に戻った人もいた。

トラップは基本的に端《はし》の方に仕かけられているのだろう。

そう思った俺は二位集団の真ん中につけた。

しかし、次の瞬間にはトラップが発動した。

俺は……ラッキー転移を踏んだらしい。

一気にトップに躍り出た！

だが、先の方には、なぞなぞのポイントが待っている。

なぞなぞは得意ではないんだよな。

俺は軽快に走りながら、なぞなぞポイントに到着した。

「なになに？『Q：カメとラクダとサイが買い物しています。何が欲しいのでしょうか？』だと？」

うーーーーん、わからん！

なんだよ、一体？

すると、後ろにいたサクとシャオが同じポイントに到着した。

二人もなぞなぞを読み始める。

すぐに答えたのはサク。

やっぱり彼は頭が良いようだ。

そして、二分後――

俺も閃《ひらめ》いた。

カメラクダサイ……カメラだ！

正解した俺は、なぞなぞ足止めポイントを飛び出し、サク達を追いかける。

その後、色々なトラップに引っかかりながらも、俺は五位という順位でゴールした。

ちなみにみんなが必死になっていたのは、優勝すると金貨三十枚がもらえるためだ。

結局一位はサクだった。

サクは新しい魔法双眼鏡を買うと言っていた。

俺達はヘトヘトになり、ゴールのあるグラウンドに寝そべる。

やがて、三百人の参加者中二百四十五人が完走して、不思議なマラソン大会は幕を閉じたのだった。

◇　◇　◇

マラソン大会から数日——

その日もいつも通りスケジュールボードをかけ、一日が始まった。

俺はキノコ栽培所に足を運ぶ。

『キノコ栽培』スキルのレベル3が新たに発現したからだ。

俺はキノコ栽培所にずらりと並べてある原木の一つに手をかざし、スキルを発動した。

すると……なんと、エリンギが生えてきた！

エリンギ美味しいよなぁ。

俺は上機嫌でエリンギを採取し、シルビア達のところに持っていった。

「あら、エリンギですわね！」

「エリンギですわね！」

「わーいですです♡」

三人とも喜んでくれているようだ。

シルビア達がエリンギを使った献立《こんだて》を話し合い始めたので、俺はエリンギを置いてそっと退散した。


暇だなぁ……

セントルルアに行って新聞でも買ってくるかぁ。

ウォルルで行けばすぐだしな。

というわけでマルクにウォルルを借り、セントルルアのラーマさんの道具屋にやって来た。

「ラーマさん、こんにちは」

店に入って挨拶すると、ラーマさんが迎える。

「おう、久しぶりだな、エイシャル！」

「お久しぶりです。最近は商売はどうですか？」

俺は世間話がてらそう尋ねた。

「いやぁ、全体的に値上がりしてなぁ……牙狼団のメンバー集めや防衛費に結構国費を使ってるみたいだ。その皺寄《しわよ》せが私みたいな小さな道具屋を直撃してるんだよ」

ラーマさんは言った。

「そうですか……それは大変ですね。俺もガルディアに住んでるから、値上げは困るなぁ……あ、ところで新聞ありますか？」

「あぁ、確か最後の一枚が……ほれ」

ラーマさんは新聞をカウンターの上に置いた。

「ありがとう、ラーマさん。また、来ますよ」

新聞だけ買うと、ウォルルに乗って辺境に帰った。


「あら、おかえりなさい」

屋敷に戻ると、シルビアが野菜を切りながら言った。

「ちょっと新聞読むから、夕飯になったら声かけてよ。あ、カフェオレ持っていこうかな」

俺はそう言ってカフェオレを作り、部屋にこもった。

新聞を広げると、そこにはこう書いてあった。

●物価高騰《こうとう》の兆《きざ》し
小麦などの不作でガルディア王国の財政は赤字に。

さらに、防衛費に大金を費やしており、物価はかなり高騰する見通しです。

みなさん、早めに大きな買い物を済ませておきましょう！

●魔王軍動向
アゲハ率いる第三魔王軍は、ヤンバル大陸にあるシャイド国のステファニーの町に攻撃を仕かけたようです。

シャイド軍や冒険者パーティにより、なんとか守られましたが、被害は大きい様子。

アルガス大陸のガルディアやその他の国も油断はできません。

●月祭り
ビリティ国のアイスタシンの町で、月祭りが近々開催される見込みです。

天女《てんにょ》のパレードや、月団子、月の踊り場など、さまざまな催し物が開かれます。

ぜひ、アイスタシンの月祭りへ！

俺は新聞を閉じた。

うーん、世界情勢はどんどん変わっていくようだなぁ……

俺も気を引き締めて、アンテナを張っていないと。

そこで、クレオが「メシができたぞ！」と呼びに来たので、新聞を置いて夕飯に向かった。

夕食は豚ヒレ肉とエリンギの香味ソテー、アスパラとエリンギのバター炒め、エリンギスープ、キャベツのおひたしだった。

ワイワイと食事を楽しんでいるうちに、その日も夜が更けていった。

◇　◇　◇

その日、俺はリリーとシャオと買い物に出かけた。なんでも今日は鍋パーティーをするらしい。

たくさんの材料を買い込んで屋敷に戻ると、ダシの良い香りが漂《ただよ》ってきた。

今日は家事組が六種類の鍋料理を作るようだ。

俺達はこのために昼ごはんを抜いているので、とても腹が減っている。

ラボルドやルイスがキッチンを覗《のぞ》くが、包丁を持った家事組に睨まれたようだ。

仕方ないので、大人しく鍋料理を待った。


「お待たせしましたわ！　最初のお鍋ですわ。鍋は五つあるから、食べ過ぎないでくださいね」

そう言ってリリーが鍋をテーブルに置いた。最初はクリームシチュー風の鍋だ。

自分の分をよそって食べてみると、クリーミィな味わいと白菜が意外と合う。

全員腹が減っているのでがっついていたら、すぐになくなってしまった。

「はーい！　お待たせですですー！　次の鍋は、豚バラのネギ塩レモン鍋です！」

エルメスが持ってきた鍋の蓋《ふた》を開けると、レモンの輪切りが飾りつけられている。

下の方に豚バラが入っているようだ。

これも、なんとも言えないほど美味しかった。

「だいぶ腹が膨れてきたな……」

ロードの言葉に、ニーナも頷く。

「あと、三つもあるのかぁ。うーんっ……」

「はい、次は味噌ニンニク鶏鍋よ。まさか満腹なんて……言わないわよね？」

シルビアの迫力に気圧され、一斉に手を伸ばす俺達。
よし、これを完食すればあと二つだ。
なんとかイケる。
イケるぞ、俺！
「失礼いたしますわ。四つ目は、ミルフィーユ白菜鍋です」
リリーはそう言って鍋を持ってくる。
白菜なら……！
こちらも、なんとかみんなで食べ終えた。
「最後は鶏ごぼうの卵とじ鍋よ！　残さず食べてね！」
にっこり笑ってシルビアが言った。
俺達はヒィヒィ言いながら鍋を食べた。
なんだか、トラウマになりそうだ。
そうして、超満腹鍋パーティーは幕を閉じたのだった。
みんな夜中に胃薬を飲みにリビングに集まったのは言うまでもない。

その日、俺は『休み！』と大きくスケジュールボードに書き、みんなにボーナスとして金貨三枚を渡した。ガルディアは不況のようだが、採石やギルド組の稼ぎもあり、俺の懐《ふところ》はかなり温かい。

みんなは大喜びで町に繰り出していった。

俺は眠かったので、二度寝するために部屋に戻った。

◇　◇　◇

シャオ達と町にやって来たは良いものの、私――シルビアは欲しい物はこれといってなかった。

強《し》いて言うならば、魔法包丁研ぎ器やエプロンの替え、圧力鍋くらいだろうか……？

いや、ちょっと待って！　そんな所帯じみたものを買ってるのなんて私くらいよ。

せっかくのボーナスなんだから、もっと夢のある物に使わなきゃ。

とは言っても、思いつく物は特にない。

洋服でも買おうかと考え始めた時、「ちょっと、お姉さん！」と、若い男に呼び止められた。

ナンパかと思った私は無視した。

「僕ね、美容師やってるんだけど、お姉さん髪がめちゃくちゃ傷《いた》んでますよ？　トリートメントとカットしていきません？」

その男は言った。

「結構です！」

「そんなんじゃ、彼氏もがっかりしますよ？」

その一言で私の心は動いた。

エイシャルは私の髪の毛が傷んでると思っている……？

私はとりあえずその男について、大通りの美容室に行った。


トリートメントとカットをしてもらった髪は、元のゴールドの輝きを取り戻した。

「あ、ありがとうございます……」

「いえいえ！　お友達にも宣伝しといてくださいね♪　あ、これ、口紅のサンプルです。良かったら、どうぞ」

私は口紅のサンプルをもらって帰った。

エイシャルは気付いてくれるだろうか……？

帰る間際、薄く口紅も付けてみた。
まぁ、気付くわけないか……

◇　◇　◇

うーん、ですです……
金貨三枚ものお金、どう使うです？
私――エルメスは悩んだです。
イチゴの柄のワンピースも、ネックレスも持ってるですぅ～。
そういえば、マルクさんが増えて、家事がてんてこまいですです。
誰か一人雇ってほしいですけど……勝手に雇ったら怒られるです？
そんな事を思いながらも、奴隷商館に向かったです。
元いた場所なだけにあまり行きたくはなかったですが、仕方ないです。
結局、私は一人の女性を金貨一枚で引き取りましたです。
「よろよろです～♡」

「え、あの、私なんかで……あの、ごめんなさい……！」

どうも自信なさげです。

彼女の名前はステイシー。

新たな家事メンバーが増えましたですです。

そして、私はステイシーちゃんを連れて屋敷に帰ったです。

みんなが……特にエイシャルさんがびっくりしていたのは言うまでもないです。

◇　◇　◇

シルビア達が帰ってくると、なんと一人増えていた。

「だ、誰⁉　その子……⁉」

俺――エイシャルが驚いて尋ねると、エルメスが答える。

「ステイシーちゃんですです♡　ステイシーちゃん、こちらはこの屋敷の主のエイシャルさんです！」

「あの、ごめんなさい……私みたいなのが……急に来たって……ご迷惑ですよね……！　私、奴隷商館に戻り……」

ステイシーがおどおどしながら言いかけたので、俺は慌てて引き止める。

「ちょ、ちょっと待って！　驚いてるだけだよ」

「エルメス、その子ギルド組に入るのぉ？」

ダリアが尋ねる。

「いえ、ステイシーちゃんはお掃除のプロで、家事組に入る予定ですです♡」

エルメスが言った。

「そっか、屋敷に住む人数が増えて家事組は大変だったからなぁ……だけど、エルメス、今度からは俺に一言相談してくれよ？」

「はい、エイシャルさん。ごめんなさいですです！　相談するです！」

「よし！　じゃあ、ステイシーの歓迎会で、バーベキューしようぜっ！」

アイシスが声を張り上げた。

「アイシスは飲みたいだけだろ！」

俺がそう言うと、みんなが笑った。

ロードとシャオにバーベキューコンロを二台用意してもらい、みんなで肉や野菜、魚介や花火を持って外に出た。

「エイシャル～！　かにさされたの～！」

ビビアンが腕を掻《か》きながら言った。

「ビビ、ちゃんと虫除けスプレーしないからだぞ。ほら、薬を塗《ぬ》ってあげるから……」

「ステイシーさんは掃除が得意なのですかな？」

ビッケルが聞くと、ステイシーは自信なさげに言う。

「はい……あの……整理整頓が好きで……ごめんなさい……」

「ステイシー、そんなに謝らなくて大丈夫だよ。ここには恐い人はいないからね」

俺はそう言いながら、カルビを焼く。

「オレさま、とうもろこしたべたい！」

クレオはビビアンととうもろこし争奪戦を行っているようだ。

「ステイシーちゃんは、ミニ掃除機でどこでもお掃除するんですです♡」

「ふぅーん？　あ、それ私の肉！」

エルメスの話に耳を傾けていたサシャが、肉を奪おうとしたロードの手をピシャリと叩いて取りあげる。

「とりあえず、ステイシーを歓迎して、乾杯！」

俺の声をきっかけに、みんなが酒で――マルクとお子様は桃ジュースで――乾杯した。

「みなさん、よろしくお願いいたします……！　至らないところあったら……ごめんなさい……！」

相変わらずのステイシーに、リリーが苦笑する。

「そんなに緊張しなくても大丈夫ですわ」

「そうですぜ！　みんな良い人ですからね！」

シャオも頷いて言った。

こうして、ステイシーの楽しい歓迎バーベキューの時間は過ぎていくのだった。

◇◇◇

翌日、ステイシーを迎えて最初の一日が始まった。

俺がスケジュールボードをかけると、みんなは仕事に向かう。

蔵を訪れた俺は、グレシャントとウォーターストーン、スベスベの玉を組み合わせて、スキル『細工』を発動。『手荒れ防止の指輪』ができた。

指輪を四個ほど作ると、屋敷のキッチンへ持っていく。

「はい、これ」

「まぁ、なんですの、この指輪？　綺麗ですけれど……」

リリーが戸惑っているので、俺は効果を教える。

「これは手荒れ防止の指輪だよ。皿を何枚洗っても手荒れしない優れものだ」

直後、シルビア、リリー、エルメス、ステイシーの四人から歓声が上がった。

「嬉しいわ！　手が痛かったのよ！」

「素晴らしいですわ」

「エイシャルさん、さすがですです～♡」

「わ、わ、私なんかがいただいて……」

とにかく好評だったようで、俺は指輪を渡すと、いつも通り敷地を見て回る事にした。


まずはビッケルの畑に向かう。

ビッケルはウッドゴーレムと一緒に野菜に水やりをしていた。

「よぉ、ビッケル！　どうだ、調子は？」

「いや、良いトマトが取れていますからねぇ！　トマトジュースを作ってみようかと……」

ビッケルはトマトをもぎ取って、汗を拭《ぬぐ》いながらそう言った。

「そりゃあ良いな。だけど、家事組の許可を取って作ってくれな」

「えぇ、もちろんですよ！」

次はラボルドの果樹園だ。

「ラボルドさん、僕の牧場で一緒に……」

ルイスがラボルドをナンパしていた。

「エイシャルさん！　助けてください」

ラボルドは俺を見て、そう叫んだ。

「お、おぅ……ラボルド、さくらんぼはどうだ？」

俺はルイスをラボルドから引き離しながら尋ねた。

「大変実っているであります！」

「そ、そっか！」

「今度みんなでさくらんぼ狩りしませんか？」

「お、良いなぁ。みんなに今日の夕飯の時にでも話してみよう。ルイスは仕事が先だろ！　持ち場に戻れ！」

「あぁーん、エイシャルさんのいけずぅ！」

ルイスは残念そうに言って去っていった。

続いて、マルクのモンスター牧場。

マルクはモンスターに餌をあげている。

特にウォルルやミュパ、ねこ太は超肉食のため、巨大な肉の塊を餌にしているが、この餌代が結構馬鹿にならない。

俺も明日からまた採石で稼ぐか。

のんびり手荒れ防止指輪を作っている場合じゃなかったかもな……

まぁ、あれはあれでいいか。

「あ、エイシャルさん！　モグはドラゴンなのに草食なんですね」

マルクが俺に気付いて言った。

「そうそう、アースドラゴンだからね。比較的温厚だし」

俺は擦り寄ってきたケルベロスのケールの頭を撫でながら言った。

恐い顔をクシャッとしてグルルル……と鳴き、ケールは気持ち良さそうにしている。

「みんな可愛いっすねー！」

マルクがユニコーンのコロンを撫でて言う。

「そうだな。じゃあ、あとは任せたよ」

最後にバトル部屋を訪れた。

お子様二人がバトル練習をしているはずだ。

到着して中を覗くと、ビビアンとクレオは一丁前に、ちびっ子ソードとプリティアメロディスティックで打ち合っていた。

「まだまだよー！」

ビビアンが炎球を放つ。

「オレさまだって！」

クレオがちびっ子ソードで炎球を斬り落とした。

中々白熱したバトルだ。

俺は邪魔しないようそっとバトル部屋を出た。

そのうち日が暮れていき、帰ってきたみんなと揃って夕飯を楽しく食べた。

◇　◇　◇

そろそろ、冬も終わり温かくなってきた今日この頃。

俺は相変わらずスケジュールボードをかけて仕事に出かけようとした。

すると、プリティビビアンがやって来た。

「門の前にお馬さんがいるのだ！　せいおー様って、エイシャルの事？」

ビビアンが首を傾げながら、そう言った。

「あぁ、ありがとう、ビビ。行ってくるよ」

俺は嫌な予感……というか予知？　を覚えつつ、門に向かった。

戸口から出ると、サイネル国の騎士がいた。

「おぉ、制王様！　サイネル王から伝言をお伝えに参りました」

「伝言？　どうせ、城に来いって話だろ？」

「お見通しでしたか……ハハッ。明日の十一時頃にお会いしたいとの事です」

「ハァ……わかったよ……」

俺が了承すると、騎士は帰っていった。


次の日、ウォルルに乗ってサイネル城まで飛んだ。

サイネル城には予定より早く到着したが、すぐに王の応接室に通された。

「おぉ、制王様！　今日は来ていただいて申しわけない！」

「また、厄介事ですか？」

俺はうんざりした表情でそう言った。

「まぁまぁまぁ！」

何が「まぁまぁまぁ」だ。

俺は心の中で毒づいた。

「それで？　お話というのは？」

「単刀直入に言いますが……アルガスではミュージックピアというものが開催されていますよね？」

「はぁ……そうですね……」

ミュージックピアとは、六年に一度開催される音楽の祭典で、六種目に分かれて各国の代表歌手やピアニストが競い合うのだ。

はっ！　として俺は顔を上げた。

「まさ……か……！」

「お察しの通り、制王様に我が国のミュージックピアの代表を指導していただきたいのです！」

「ちょ、ちょ、ちょーっと待ってください！　今まで、確かに色々な頼み事を聞きましたが、音楽なんて……専門外も良いところですよ」

俺は首を横に振って言うが、サイネル王は聞かない。

「いやいや、制王様に不可能はないはず。我が国はこのままでは、一個もメダルを取れません。どうか、お力添えを！」

「しかし、本当に音楽などできなくて……」

その後もサイネル王は全く引かないので、とうとう引き受けてしまった。

どうしようか……？

そんな暗い気持ちで辺境の屋敷に帰った。


『どうした、主人。暗い顔をして』

辺境に戻ってくると、ビッケルと一緒に畑でさつまいもを採っていたヘスティアが言った。

「なんだよ、ヘスティア。ギルド組じゃなかったのか？」

『今日はサクが風邪っぽいから早めに切り上げてきたのだ。たまには土と触れ合わないとな！』

ヘスティアは一通りさつまいもを採ると、自身の寝床である炎の洞窟《どうくつ》に帰っていった。

アイツ、一人で焼き芋する気だな。

「どうしたんですかな？　確かに表情が優れないようですが……」

「え、あぁ、実はさ……」

ビッケルに言いかけたところで、俺はハッとした。

彼は大の音痴なくせに、歌好きなのだ。

この話をしたら「私が指導します！」などと言いかねない。

「エイシャル殿？」

「い、いやぁ、大した事じゃないんだ。ただ、俺も熱っぽくてね、ハハハッ！　大事を取ってオールポーション飲んどくよ！」

そして、ビッケルの畑から足早に去った。

さて、どうしたら……？

「よぉ、エイシャル、どうしたんだよ？」

アイシスが声をかけてきた。

「いやぁ、実はカクカクシカジカで……」

事情を説明すると、アイシスは頷いて言う。

「なるほどねー。確かミュージックピアの六種目ってさ、ポップス、ロック、クラシック、ピアノ、バイオリン、サックスだろ？　ピアノはリリーが弾けるはずだぜ。それに、エルメスがめちゃ歌上手いよ。俺はロックしか歌わねーけど、まぁまぁかな？」

「本当か!?」

「あぁ、指導できるレベルだと思うけど」

「ありがたい！　じゃ、アイシス達は明日サイネル城に一緒に行ってくれ。あ、ビッケルにはバレないようにな……」

俺は小声で付け加えた。

「了解！　みんなに声かけてくるよ」

そんなこんなで、翌日からアイシス達のスパルタ訓練が始まった。

サイネル国の代表達にボイストレーニングなどをみっちりやらせて、数日後——

成果を確認した。

しかし……ダメだこりゃ。

それが俺の率直な感想だった。

「指導はちゃんとしたんだけどなー……」

屋敷に戻ってくると、アイシスが申しわけなさそうに言った。

「いや、アイシス達は悪くないよ」

「でも、ミュージックピアは三日後でしょう？　どうしますの？」

リリーの言葉に、俺は頭を抱える。

「歌が上手くなる薬草なんかが作れればね……」

「それなら、リズム草《そう》と音程草《おんていそう》を調合してみるですです～♡」

エルメスが思いもよらぬ事を言った。

「それだ！」

俺はリズム草と音程草を調合し、『音楽ポーション』を作り出した。

「ビッケル、ビッケル！　これを飲んで一曲歌ってくれないか？」

俺はビッケルをリビングに呼び出し、ポーションを差し出した。

「はて、歌うのは構いませんが……これは？」

「喉が潤《うるお》うポーションだよ。より良い歌が歌えるぞ」

適当な理由をつけてビッケルに音楽ポーションを飲ませ、歌わせた。

それは、とても素晴らしい歌だった……！

終わる頃にはみんな涙して、歓声が巻き起こった。


こうして適当に作った音楽ポーションをサイネル国だけに渡し、サイネル国は金メダルを三つも取ったのだった。

これってドーピング違反じゃないよな……？

複雑な心境だったが、無事にミュージックピアを終えて、ほっとする気持ちが大きかった。

◇　◇　◇

俺の名はサイコ。今、世界を騒がせている闇落ちパーティ事件の首謀者だ。

俺には死者を蘇らせる力があった。

禁術か？　いや、そんな馬鹿で手間な方法ではない。

神が俺に与えた職業は……『血魔導士《ちまどうし》』だった。

俺は『血液《けつえき》割合《わりあい》一致《いっち》蘇生《そせい》魔法』を考案し、成功させた。

この蘇生法に必要なのは生き返らせたい人間と近い血の特徴を持っていた死体だ。

三歳の時から『血魔導士』だった俺でも、血液とは何かはいまだにはっきりわからない。

生物にとって必要不可欠である事は間違いないが。


子供の頃から、スキルを駆使して青いネズミなどを作っていた。

その頃はまだ気味悪がられる程度だった。しかし、五歳の時に母親が紙で指を切り、血を流した。

その血から彼女の情報を読み取った俺は、ついそれを操作してしまう。

母親の輝くような金髪はあっという間に全て白髪になった。

母親は悲鳴を上げ、父は俺を物置き小屋へと連れていき閉じ込め、魔法の南京錠を入り口にはめた。

そこから、十三年の長きにわたる物置き小屋での地獄の生活が始まったのだ。

俺は絶望した。

悲しかった。

死んでやろうと何度も思った。

だが、できなかった。

俺は家族に復讐するためだけに、物置き小屋の中で才能を磨いた。

短剣で手を切り自分の血を出したり、ネズミを使ったりして、一から血液というものを学んだのだ。

そして、十六歳になるまでにその仕組みをほぼ完璧に理解した。

その時から俺は人間に復讐する方法を考え始めていた。

十八歳になると、ルーファス大陸に捨てられた。

そこで出会った魔王に、死にかけの小鳥を生き返らせる術を見せると、魔王は俺をいたく気に入り参謀にした。

魔王からの信頼を得た俺は、死人を生き返らせる事ができると魔王に囁き、闇落ちパーティを作る作戦を話した。

その人にとって大切な誰かを殺して、そいつを生き返らせる代わりに闇落ちさせるのだ。

こうして、不幸の連鎖は大きく膨れ上がった。

さらに、俺は血魔法を発動し、魔王軍の強化も図った。

そして、ついにザルジャス家を皆殺しする事に成功した。

殺せばスッキリすると思っていた……だけど、何も変わらなかった。

なぜか、涙が溢れてきた。

そうだ、俺は愛されたかったんだ。

しかし、もうこの復讐を止める事は誰にもできない。

俺は死ぬまで止まらないだろう。

たとえ、俺の全てが灰になろうとも人間を、いや、魔族をも、一人残らず俺と同じ地獄に落とさなければ、気が済まなかった。

さぁ、かかってくるがいい。

俺はここだ。

◇　◇　◇

その日の夕方から、俺——エイシャルは屋敷のメンバー全員でアイスタシンの月祭りに来ていた。

アイスタシンの町に着いた頃には既に月が昇り始めていた。

町は月の形をしたライトでほのかにライトアップされており、道を穏やかな光で照らし出している。

「素敵ねぇ」

「月の光が綺麗だよ」

シルビアとサシャが言った。

「たべものないのか？」

クレオがお腹に手を当てて言う。

月より団子か……

「あっちに月見笹寿司があるっす。クレオくん、買ってきてあげるっす！」

マルクはそう言って走っていった。

彼はすぐに戻ってきて、買ってきた月見笹寿司を広げた。

「あら、形が素敵ねぇ。満月みたいだわ」

ダリアが笑みを浮かべる。

月見笹寿司は白いお米を丸く握ってあり、上に錦糸卵とシイタケが載せてあった。

満月のような飾りつけだ。

「まーまーおいしいぞ！」

クレオがパクリと食べて、偉そうに言った。

「ビビ、てんにょのパレード見たい！」

ビビアンが俺の服を引っ張ってお願いしてくる。

「それなら、メインストリートですよ。みんなで行きましょう」

サクに従って、俺達はメインストリートに移動した。

真っ白な衣を着て、雅《みやび》に着飾った天女達が音楽に乗って舞い踊り、ゆっくりとメインストリートを進んでいる。

中央の馬車からは、天女の姫のように一段と美しい女性が手を振っている。

「ビビも、あーなる！」

「ビビアンはまず、算数を勉強しないとっ！」

ニーナが言い、みんなが笑った。

天女のパレードを堪能《たんのう》した俺達は、かぼちゃの月団子を食べた。

かぼちゃの味がほんのり甘くて、団子のもちもちした柔らかな食感とマッチして、とても美味しかった。

その後は月の踊り場という広場に足を向ける。

いくつものスポットライトが広場を交錯《こうさく》しながら照らし、神秘的な美しさを醸《かも》し出していた。

「エイシャル！　シルビアを誘ってこいよっ！」

アイシスが耳打ちしてきて、シルビアの方に俺を突き飛ばした。

「エイシャル、どうしたの？」

こちらに気付いたシルビアが不審そうに言う。

「いや、その、あの……い、一曲踊ってくれません……か？」

俺はかなり照れながら、右手を差し出した。

「喜んで」

シルビアは俺の右手を取った。

ゆったりした曲に乗せて、俺達はお互い照れながらダンスをした。

他のみんなも男女でペアになり、ダンスの輪に入る。

ビビアンとクレオはクラゲのように踊ってふざけている。

そんなこんなで、月祭りは和《なご》やかに終わっていった。

真上に昇った満月を見たのは大人達だけで、ビビアンとクレオは夢の中のようだ。

まぁ、夢で満月を見ているだろう。

◇◇◇

また数日が過ぎ——

その日も一日が始まった。

俺はみんなを送り出すと、最近新たに作った調合室に向かった。

そこでノーマルのポーションと頭痛薬草《ずつうやくそう》と吐《は》き気止《けど》め草《そう》を調合。『二日酔《ふつかよ》い止《ど》めポーション』ができた。

これで、酒を飲んだ次の日に二日酔いに悩まされなくて済むぞ。

俺はそれを五つほど作って、リビングのポーションケースの中に仕舞った。

「エイシャルさん、なんのポーションですの？」

リリーが目ざとく聞いてくる。

「いや、はは……ちょっと普通のポーションよりも回復力が強いってだけだよ」

俺はそうテキトーな事を言ってはぐらかした。

二日酔い止めポーションと知ったら、ハメを外さないようにお酒を全て隠されてしまうかもしれない。

午前中で作業が終わった俺は、もはや日課となった敷地の見回りをする事にした。

まずはシャオとロードによって強化中の門と戸口を見に行くか。

出入り口は大切だからな。

「よぉ、シャオ、ロード。どうだ、調子は？」

「エイシャルか……ちょうどこいつをつけ終わったところだ。パスワードは○△××○だ……」

見ると、戸口にダイヤルロック式の鍵が取りつけられていた。

「戸口から入られたら大変だもんな。サンキュー、ロード。まぁ、でも慣れるまでめんどくさいかもな……」

「旦那、こっちは魔法識別銃《まほうしきべつじゅう》を設置しましたぜ！」

シャオが巨大な門に銃を埋め込んだようだ。

「俺達は撃たれないんだろうな？」

俺は心配して尋ねると、シャオが説明する。

「大丈夫ですぜ。あっし達以外の他人が武器を門に向けた時にだけ発砲します！」

「そうか、それなら大丈夫だな。二人ともご苦労様、屋敷に戻って飲み物でも飲んでこいよ。酒はまだダメだぞ？」

俺はそう言い、二人を屋敷に帰した。

そして、ワクワク子供部屋に行く。

「ビビ～、クレオ～！　勉強頑張ってるか？」

中に入ると、二人は色ペンを持って顔に落書きし合っていた。

ビビアンとクレオはフェイスペイントしたような顔になっている。

「ビビ！　クレオ！」

俺は怒って声を上げる。

「オニがきたのだー！」

「エイシャル、オニー！」

二人はちょこまかと走り回り、ワクワク子供部屋から脱出していった。

俺は全力で追いかけるが、ビビアンはプリティビビアンになり、クレオはガオガオーになって空に逃げていった。

俺は呆れて屋敷に戻り、二人のおやつを没収した。

「あれれ？　クレオ君とビビちゃんのおやつないですです？」

エルメスが言った。

「良いんだよ、悪ガキにはちょっとお仕置きしないと」

俺は二人分のマカロンを食べた。

全く……少し厳しくしないとな。


夕食の時間にはビビアンとクレオも屋敷に戻ってきた。

俺が叱ろうかと思ったら、落書きだらけの顔を見たシルビアがものすごく怒っていた。

いつも怒らない人が怒ると怖いようで、二人はエンエン泣いていた。

しょぼんとしたお子様二人と大人達の賑やかな夕飯が始まる。

「今日はみんな思いっきり酒飲んでいいぞ！」

俺が言うと、ニーナが不思議そうに尋ねてくる。

「なんで？　明日休みっ？」

「いや……これさ。今日発明した二日酔い止めポーション。画期的だろ？」

俺は満を持して新ポーションを取り出し、掲げてみせた……あっ、家事組には秘密にしようと思っていたのを忘れていた。まあ、いいか。

「「おぉー！！！」」

ジライアとラボルドが感嘆する。

「そんなのがあるからってたくさん飲んで良い事にはなりませんわよ？」

リリーが呆れたように言ったが、そんな事はお構いなしに、調子に乗った酔っ払い達の夜は更けていくのだった。

◇　◇　◇

その日、俺達はビリティ国ラポールの町の野菜祭りに向かった。

野菜祭りと聞いて、ビビアンとクレオは微妙そうな顔をしていたが、「スイカも野菜だぞ」と言うと目を輝かせていた。まぁ、野菜祭りにスイカが売っているかは微妙だが……

ラポールに着くと、威勢《いせい》のいい声が響いている。

「キャベツを袋に入るだけ入れてたったの銅貨三枚だよ！」

キャベツ屋のおじさんが言うと、シルビア達家事組はおばちゃん達の輪をくぐり抜け、店に猛突進した。俺達男にはとても真似できない。

凄い、勝負魂だ……

「エ、エイシャルさん、僕達はゆっくりあっちの方を見ましょう」

サクが言うと、ロードが腹をさする。

「腹……減った……」

「ん？　ロード、朝飯食ってないのか？」

俺が尋ねると、ロードは頷く。

「このために食ってない……食べ物……くれ……」

「全くしょうがないやつだな。お、クレソンと鴨肉《かもにく》のサンドイッチが売ってるぞ」

「あらぁ、いいわねぇ」

ダリアも食べたそうに言った。

俺はクレソンと鴨肉のサンドイッチを三つ買った。

鴨肉の旨味と、クレソンのピリッとした辛味と苦味がアクセントになっていて、とても美味しかった。

ビビアンがこっそりクレソンを捨てようとしていたので、注意したら泣き始めた。

「だってビビ、辛いのやなのだー！」

「ちょっとエイシャル、かわいそうだよ。子供はクレソンは食べられないって」

サシャがビビアンの頭を撫でて言う。

「うーん、そっか……ごめん、ビビアン……」

「エイシャル、きらーい！」

ビビアンはすっかりへそを曲げてしまったようだ。

すると、そこに家事組の女性陣が帰ってきた。とりあえず、キャベツは勝ち取ったみたいだ。

「あっちにセロリのダイエットスープがありますぜ！」

シャオが余計な事を言うと、帰ってきたばかりの女性陣はセロリのスープに押し寄せた。

「シャオ、女性にダイエットなんて言ったらこうなるんだよ……」

「あちゃー！　すみません、旦那。知らなかったもんで」

それから、やみつきキャベツや、アスパラコーンマヨサラダ、スナップエンドウのペペロンチーノなどを買い、天気も良いので広場のテーブル席でみんなで食べる事に。

「やっぱり春は良いなぁ」

俺は晴天を見上げながら言う。

「本当ですね！　春は気持ち良いです！」

ステイシーが珍しく元気な声で言った。

あれが美味しいだのこれが美味しいだの言いながら食べ終えた俺達は、それぞれデザートに野菜ジュースを買ってきた。

トマト系の野菜ジュースや、スイカジュース、にんじんベースのジュースなど色々あって、ビビアンとクレオもごくごく飲んでいた。

そうして楽しくて美味しい野菜祭りを十分満喫したのだった。

◇◇◇

その日もスケジュールボードをかけるところから始まった。

俺はクレオとニーナと一緒に馬車でセントルルアの町に向かっていた。

「まちだぞ！」

クレオが馬車の窓から嬉しそうに外を覗く。

たまには連れ出してあげないといけないなぁ。

そんな事を考えているうちに近くまで来たので、馬車を止め、セントルルアに入った。

「エイシャル、オレさま剣がほしい！」

クレオが俺の服の裾を引っ張って言った。

「剣～？　ちびっ子ソードがあるだろ～？」

「ジライアみたいなのがほしいんだ！」

「ダメダメ、クレオにはまだ早いよ。ほら、団子買ってあげるから諦《あきら》めなさい」

俺がそう言うと、クレオは黙り込んでしまった。

「むー……」

「ところで、エイシャル？　何を買いに来たのっ？」

俺はニーナの質問に答える。

「あぁ、実は今日の夜の準備なんだ。買い出しのメモを渡すから、手分けして買おう。あ、クレオは俺が連れていくよ」

そして、いったんニーナと別れた。

買い物メモに書いてある食材を手際よく買い込んでいく。

「オレさま、あんな剣がほしいんだ！」「おぉ、たて持ってるぞ！　オレさまも……」という感じで、クレオは俺が買い物している間もちょこまかと動き回り、町行く騎士の剣を指差して言う。

「ダメダメ。ちびっ子ソードで十分なんだから」

俺はクレオのおねだりをことごとくスルーする。

帰る頃にはクレオはすっかりご機嫌斜めになっていた。

「クレオ、どーしたのっ？」

再び合流したニーナが尋ねる。

「オレさまが五さいだから……」

「？」

「良いんだよ、ニーナ、ほっといて。すぐ機嫌直るからさ」

俺は小声で言うと、二人を連れて辺境の屋敷に帰っていった。


「あら、お疲れ様。ちゃんと買い出ししてくれた？」

シルビアがボウルをいくつかテーブルの上に並べながら言う。

「あぁ、たくさんあって少し大変だったけどね。みんな喜んでくれるかな？」

俺とニーナは買い出した物をキッチンに並べた。

今日はお好み焼きパーティーだ。

夜になり、みんながダイニングに集合する頃には、魔法ホットプレートと、様々な具材が入った十五個ものボウルが用意されていた。

「シルビア〜、こっちのなぁに？」

ダリアが尋ねる。

「ボウルに種類を書いた紙を貼ってるわよ。それは、豚バラとキャベツ」

シルビアが答える。

「ステイシーちゃん、遠慮せずに食べるですです♡」

エルメスがステイシーに言う。

「え……あの……じゃあ、私、ネギとむき海老の組み合わせを……すみません……！」

「ビール飲む人いますの？」

リリーが尋ねると、アイシス、ジライアが手を挙げた。

「飲む飲む！」

「飲むかな！」

「僕はワインをいただきましょうか」

ルイスはビールよりもワインが好みのようだ。

「ビビ、ツナとイカほしいっ！」

ビビアンがお好み焼きを作ろうとするが、リリーが止める。

「まぁ、ビビにはまだ無理ですわよ！　貸してごらんなさい」

「つくれるのっ！」

ビビアンはおたまを離さない。

「まあまあ、作らせてみれば良いよ。ひっくり返すところだけリリーにお願いしような、ビビ」

俺は仲裁に入った。

落ち着いたところで、チーズと蒸したじゃがいもを入れたお好み焼きを食べる。
チーズがいい感じにとろけて、じゃがいもと絡み合い、めっちゃ美味しかった。
クレオの機嫌もお好み焼きパーティーですっかり直ったみたいだ。
その日はみんなちょっぴり夜更かしして、パーティーを楽しんだ。

◇◇◇

オレさまの名まえはクレオ！
オレさまはどれいだった。
それは父ちゃんと母ちゃんが死んだからだ……
父ちゃんはりっぱなりょうしで、オレさまたちは森の家でくらしていた。
いつも、しかの肉とか、イノシシの肉が食えたんだ！
父ちゃんは自分の事、オレさまってよく言ってた。
だから、オレさまもオレさまなんだ！
だけど、父ちゃんはしんでしまった。
クマに殺されたんだって……

母ちゃんもすぐにびょうきになって、しんだ。

オレさまはひとりぼっちになったんだ。

どれいになってしまってかなしかった。

どれいの店は、小さなパンと水しかくれない。

オレさまははらがへって、しぬんじゃないかと思った。

父ちゃんがいれば、母ちゃんもしななかったし、オレさまも……

だけど、オレさまはうんが良い事に、エイシャルに買われた。

エイシャルは父ちゃんとはちがうけど、すごくいいやつだ。

オレさまのあたまをなでて、おいしい食べものをたくさんくれるんだ。

ビビアンっていうともだちもできた！

父ちゃん、オレさまはここでがんばるぞ！

父ちゃんと母ちゃんの分まで……


今日はエイシャルはつりに行くらしい。

オレさまはついて行く事にした。

「クレオがいるなら、浅瀬で釣るかな」

「おぅ、いいぞ！」

オレさまは答える。

あさせってなんだ？

エイシャルと歩いていくと、十分くらいで海についた。

海を見るのははじめてだ！

「エイシャル、よこに歩いてる変なのがいるぞ！」

「あぁ、カニだよ。クレオ用の釣り竿があるから、振ってごらん。ほら、こうやって」

エイシャルはさおというやつをふって、海に投げ入れた。

「やるぞ！」

オレさまもさおをふる。

でも、ひょろひょろと岩場に落ちてしまった。

「うーん、もっとこう……思いっきりだな……」

エイシャルが言う。

ちょっとすると、オレさまはイワシというやつをつった！

初つりだ！

「ビビにじまんするんだ！」

オレさまは言う。

「そっか、そっか」

エイシャルはそう言ってオレさまのあたまをなでた。

それは父ちゃんのような大きくて、あったかい手だった……

エイシャルとオレさまはたくさんの魚をつってかえった。

ビビアンが来て、魚をのぞき込んだ。

「わぁ！　お魚いっぱいねー！」

「オレさまとエイシャルでつったんだぞ！」

「まぁ、ほぼ、俺だけどね。さぁ、屋根裏部屋のおもちゃを片付けないと、おやつなしだぞ？」

オレさまとビビアンはかおを見合わせて、へやに走った。

窓のむこうのそらから、父ちゃんと母ちゃんが笑ってる気がした……

◇◇◇

またある日の夜、みんなで春祭りをする事になった。

十七時頃になると、ロードとシャオが屋台らしきものを組み立て始め、ルイスとジライアとラボルドが竹を切っていた。サクとビッケルは小さな魔法プールを膨らませている。

やがて、春祭りが始まった。

春祭りチケットが十枚ずつ配られて、それを持ってみんな庭に出ていった。なかなか凝《こ》った趣向だ。

ネレが魔法ラジオで音楽を流し、ダリアが各所に設置したランプに火をつけた。

中央には竹が斜めに置かれ、リリーとステイシーでそうめんやうどん、そばを流している。

それを取り囲むように、スイカやナシ、モモが浮かんだ小さな魔法プールや、フレイディアの溶けないアイスクリーム屋、ヘスティアの唐揚げ店、ジライアの輪投げ店がある。

みんな大喜びで春祭りチケットを切り、そうめんやうどんを食べた。

ランプの光はちょうど良くあたりを照らし出す。俺は庭に設けられた椅子に座って、しばらく夜の風を楽しんだ。

『へぃ、らっしゃい！　普通の唐揚げとレモン唐揚げ、チーズ唐揚げがあるぞ！』

ヘスティアが炎を操りながら、唐揚げを揚げていく。

「チーズからあげいっこだぞ！」

「ビビ、もも食べたい！」

クレオとビビアンが春祭りチケットを出して、それぞれの好物をゲットした。

「いやぁ、良いですなぁ。きゅうりも冷やしましょうか！」

ビッケルがそう言って畑からきゅうりを持ってくると、サシャが早速春祭りチケットを一枚出した。

フレイディアのアイスクリーム屋も大人気で、イチゴ味やキャラメル味、チョコチップ味のアイスクリームを楽しんだ。

「僕イチゴが好きなんですよね」

サクはそう言って、イチゴ味のアイスクリームを三回もお代わりしていた。

「ビビも、食べる〜！」

「フレイディア姉ちゃん、オレさまも！」

『フフフ、勝ったわね……』

なんの勝負かはわからないが、フレイディアがヘスティアの方を見てそう呟いた。

そんなこんなで辺境での春祭りは、大盛況で終わったのだった。

◇◇◇

その日はビビアンとクレオが待ちに待った、子供祭りの日だった。

セントルルアでやるらしい。

なんかアルガス大陸の国はやたらと祭りが多いよな。

ビビアンは何やら子供バザーに出品するらしく、朝早くからシルビアと一緒に屋敷を出ていった。

クレオも七時半には起きて子供祭りに行く準備を始めている。

子供祭りとなってはいるが、大人も一緒になって楽しめるコーナーもたくさんあるようで、ニーナやステイシーも楽しみにしていたようだ。

パンと目玉焼きを口の中に詰め込むと「早く早く！」とクレオが服の裾を引っ張るので、飲み物を飲む暇もなく馬車に乗った。


セントルルアに着くと、子供、子供、子供、子供！

子供で溢れていた。

「ビビがバザーしてるのあっちだぞ！」

クレオが走っていこうとするのを、俺が止める。

「クレオ、入場券買わないと。それに、順番に見て回らないとあとで後悔するぞ」

俺はクレオの首根っこを掴む。

「エイシャルのバカー！」

クレオはジタバタして逃れようとする。

「おっ、クレオ、スタンプラリーがあるぜ！　全部集めると……」

アイシスの言葉に、クレオが興味を示した。

「あつめると……？」

「ガラポンが引けてガオガオーのパジャマが当たるらしいぞ！」

「欲しいぞ！」

クレオが乗ってきた。

スタンプラリーはいろいろなイベントを回ってスタンプを集めるみたいだ。

というわけで、まずはストリートピアノを聴きに行った。

ガオガオーの曲やプリティアの曲も弾いてくれる。

クレオはガオガオーの踊り（?）を踊り出した。

周りのお子様もノリノリだ。

そうして、紫のスタンプをもらったクレオは、今度は大道芸コーナーを訪れた。

「あらぁ、お猿さんねぇ。可愛いじゃなぁい？」

ダリアが言う。

「お猿」

ネレも楽しんでいるようだ。

お猿はお辞儀したり、踊ったり、観客と握手したりする。

そのたびにみんなから拍手と歓声が上がり、お猿は最後に飴《あめ》を子供達にまいた。

クレオもグレープキャンディをゲットしたようだ。

ピンクのスタンプをもらって次のコーナーに足を向ける。

「次はなんでありますか？」

ラボルドがパンフレットを見ながら尋ねると、ルイスが答える。

「あぁ、段ボールの迷路みたいですねぇ」

「楽しそうですです～♡」

エルメスが笑顔で言った。

俺達は早速迷路に入る。

「こっちだぞ！」

クレオが引っ張ってくるが、正しい道なのかは定かではない。

結局、行き止まりばかりに当たってしまい、迷路を出るのに三十分もかかった。

とにかく、なんとか迷路を脱出したので黄色のスタンプをゲットした。

残るはビビアンがやっているというバザーだ。

子供達が段ボールの台の上に子供用のアクセサリーやおもちゃなどを置き、売っていた。

「いらっしゃいませーなのだ！」

ビビアンは使わなくなったぬいぐるみを売っているようだ。

「買ってやるぞ！　エイシャルが！」

クレオが偉そうに言うので、なんだか笑ってしまう。

何も買わないのもあれなので、パンダのぬいぐるみを購入した。って、俺が買ったらまた戻ってくるだけで意味ないんじゃ……まあいいか。

ビビアンの付き添いのシルビア曰く、ぬいぐるみはまぁまぁ売れているらしい。

最後の緑のスタンプをもらって、ガラポン抽選器の列に並んだ。

お子様一人につき、一回らしい。

「クレオ、頑張れよ！」

「当ててやれ！」

俺とジライアが声援を飛ばす。

クレオは真剣な面持ちでガラポンを回した。

出たのは……赤！

ガオガオーのパジャマセットだ。

「やったぞー！」

クレオはぴょんぴょん飛び跳ねて大喜びする。

「良かったねっ！　クレオっ！」

ニーナがクレオの頭を撫でた。


その後、ぬいぐるみが売り切れたというビビアンとシルビアも合流して、お子様レストランに向かった。

メニューは全てお子様用である。

なぜか、俺も旗の付いたお子様ランチを食べた。

まぁ、美味しいんだけどね……

「クレオ、ビビアン、楽しかったか？」

「「うん！」」

そう言って二人は顔を見合わせて笑った。

こうして、子供祭りは賑やかに終わったのだった。

◇　◇　◇

俺は魔王、ビルドラ・ルーファス。ヴァンパイア系の魔王であり、美女の生き血が大好物だ。

部下の美女だけでは物足りず、ひっそりと人間のいるアルガス大陸やヤンバル大陸に行き、美女を襲う事もあった。


その昔、アモーレル大国のドドンナという町付近で、魔竜から降りた俺は、一人の美女と男が黒虎《くろとら》に襲われているのを目撃した。

男は美女を囮にして逃げた。

最低だな。クックックッ。

俺は人間の愚《おろ》かで最低なところが大好きだ。

いずれは人間の住む大陸全土を支配下に置いてやる。

そう思っていた。

美女は短剣を構えて黒虎を威嚇《いかく》する。

しかし、結果は火を見るより明らかだ。

俺は迷った末に助ける事にし、魔王刀《まおうとう》で黒虎を斬った。

「あなたは……？　人間ではないわね」

その女は言った。

俺はその言葉に多少驚いた。

「なぜわかる？」

「私は目が見えないけれど、その分、他の人よりも感じる事ができるの」

目が見えない？

その女の瞳はアルマカン色で美しかったが、確かにどこを見ているかわからず、焦点が合っていないようでもあった。

「俺が怖くないのか？」

「私が怖いのは、本当の闇の中に閉じ込められる事だけよ。だから、あなたが人間ではなくても、怖くはないの」

「変なやつだ……襲う気が削《そ》がれた」

それから、俺は彼女——アンナと話をした。

彼女の話はどれも新鮮で面白かった。

彼女は明るかった。

目の見えない運命さえも、受け入れていた。
俺はそんな彼女に恋に落ちた。
毎日のように町に行っては、彼女と会った。

しかし、彼女は人間によって殺された。
いや、彼女は自ら死を選んだんだ。
ちょうどアモーレルに進軍していた敵国の軍からの暴行にあう前に命を絶ったのだ。
俺は彼女の遺体を見て、泣く事しかできなかった。
人間どもが許せなかった。

その数年後、俺はサイコに出会う。
ソイツの血魔法で彼女が蘇るかもしれない。
闇落ちパーティを使って女性の死体を優先的に集めさせた。
アンナ……
俺は君ともう一度会うためならば、何人、何千人、何万人も殺すだろう。
それほど、君を愛していたのだから。

俺の人間への復讐……

いや、彼女への愛は永遠に絶える事はない。

俺が魔王として生きている限り、永遠に。

◇　◇　◇

今日も一日が始まった。

俺――エイシャルはスイカシャーベットを食べてから、ハーブ園にやって来て、『ハーブ作り』レベル5を発動する。

今度はどんなハーブが生えてくるのか？

そんな事を考えながら待っていると、ラベンダーができた。

ラベンダーかぁ？

あんまり食えないよなぁ……

俺は少しがっかりしたが、家事組に持っていった。

「あら、ラベンダーね！」

「ラベンダーのパック作りましょう！」

「ラベンダーの入浴剤もですです♡」

「ラベンダー美容クリームなんて……」

シルビア、リリー、エルメス、ステイシーは嬉しそうに言った。

良かった、家事組には好評みたいだ。

俺は「任せるよ」と言ってラベンダーを渡し、モンスター牧場でウォルルを借りてセントルルアに行く事にした。


セントルルアに着くと、それまでため込んでいた鉱石をラーマさんに売りに向かった。

「エイシャルじゃないか」

「こんにちは、ラーマさん。鉱石を売りたいんだけど……あと、新聞あるかな？」

「おう、いつもありがとな！」

ラーマさんは鉱石を金貨二十枚で買い取り、新聞をオマケだと言って渡してくれた。

「ありがとう、ラーマさん！」

俺は礼を言って、ラーマさんの道具屋を後にした。

ウォルルに乗り、辺境に戻ると、部屋にこもって新聞を読んだ。

そこには、こんな記事が載っていた。

●千羽倒される！

闇落ちパーティ・千羽と牙狼がアルガス大陸の果てで二度目のバトルをし、ついに牙狼が千羽を倒しました。

みなさん、牙狼に惜しみない拍手と称賛を！

●物価戻る⁉

色々な理由で上がっていた物価が元に戻る模様です。

小麦製品はまだまだ高いままですが、野菜や肉類は今週にも平均値に戻ると予想されます！

●読書祭り

明日、セントルルアの町で読書祭りが行われます。

小説はもちろん、漫画や絵本、本ならばなんでもござれ！

ぜひ、家族連れでセントルルアの読書祭りにお越しください！

明日かぁ。

ヘスティアはもちろん行きたいだろうし、ビビアンとクレオはもっと絵本を読んだ方が良いだろうし……

よし、夕飯の時にみんなに聞いてみるか。


先に風呂に入って、ダイニングで食事の準備を手伝う。

「今日の夕食は何かな？」

「コーンしゅうまいとナスとちくわのコチュジャン炒め、トマトとオクラのさっぱりレモン和《あ》え、ポトフですわ」

俺の問いに、リリーが答えた。

「そっか。美味しそうだね」


やがてみんなが帰ってきたので、揃って食べ始めた。

「なぁ、明日セントルルアで読書祭りがあるらしいんだ。明日は休みにして、みんなで行かないか？」

『お、おぉ……！　それは、もしかして、漫画本も売っているのか……⁉』

食事が必要ないヘスティアがリビングのソファから尋ねてくる。

「売ってるらしいよ」

「私も行きたいです……あのでも……図々《ずうずう》しかったら……」

ヘスティアに続いてステイシーがおずおずと手を挙げた。

「なーに、言ってんの！　図々しくいかなくちゃ！　私も行くわよ！」

サシャが元気に言った。

他のみんなも行きたいそうなので、明日の休みが決定した。

◇◇◇

よく晴れた次の日、朝七時頃に起床して、用意する。

まぁ、見た目に気を使うアイシスとルイス以外の男性メンバーは、すぐに準備が終わるのだが……

女性陣は相変わらず洗面所と部屋を行ったり来たりして忙しそうだ。

八時半にはみんなの支度が整い、俺達はセントルルアに向かった。

町の入り口に大きな本が置かれており、そのページに名前を書き込んで入場するようだ。

セントルルアに入ると、町は本一色だった。

本の模型に、本の着ぐるみを着た人までいる。

そして、恋愛もの、ファンタジーもの、ミステリーものなどで、売り場が分かれているようだ。

「えーっと、ミステリーロードってこっちかしらぁ？」

ダリアがパンフレットを読みながら言う。

「私も」

ネレがそれについていく。

「ちょーっと、待った！　ダリア、ネレ、待ち合わせ場所と時間を決めておこう」

俺はすかさずそう言い、少しの間話し合って、見終わったらケル・カフェに集まる事に決めた。

「オレさま、えほんロードだ！」

「ビビも！」

クレオとビビアンは絵本ロードに進むらしい。

「じゃ、俺が連れていってやるよ！」

アイシスが言った。

「助かるよ、アイシス。俺、漫画ロードに行きたかったから」

アイシスにお金を渡して、ヘスティアと一緒に漫画ロードに進んだ。

「おっ、バトル＆バトルの完結セットだ！」

俺は早速見つけたバトル＆バトルを大人買いした。

『あっちには、スライムダンクセットがあるぞ、主人……いや、待てよ、あほボンの新刊も……』

ヘスティアは悩んでいる。

「どっちも買えば良いじゃないか？」

『主人、俺の所持金は銀貨一枚だぞ？』

ヘスティアが手に載せた銀貨を見せてきた。

「なんだよ、給料もうそんなに使っちゃったのかよ。しょうがないなぁ、俺が払うから……みんなには内緒だぞ！」

『さすがは我が主人！　じゃ、ジョロジョロの冒険も買おう』

漫画ロードを楽しんだ俺達はケル・カフェへ向かった。

ヘスティアは席に座るなり、あほボンを読み始める。

「エイシャル、来てたんだな？」

ラーマさんが現れて言った。

「えぇ、ちょうど本が欲しかったもので」

アイスコーヒーを頼んでいると、みんながやって来た。

アイシスはなぜか、紙袋を何個も提《さ》げている。

「アイシス、そんなに買ったのか⁉」

俺がびっくりして尋ねると、アイシスは疲れた様子で息を吐いた。

「いや、それがさぁ……絵本ロードの広場になぜかマスコットガチャがあってさぁ……ビビアンとクレオがやるって聞かないから……」

アイシスはゲンナリした表情だ。

よほどたくさんガチャを回したらしい。

所持金はほぼゼロだと言っていた。

銀貨三枚も渡したのに恐るべし、お子様パワー……

ジライアやロード、サシャやシルビアもそれなりに本を買ったようだ。

みんな揃ったところで、アイスコーヒーを一杯ずつ飲み、帰る事にした。

馬車の荷台に本の山を積み、辺境の屋敷へと運んだ。

辺境に着いた俺達は、リビングに集まり、それぞれの本を読み始めた。

エルメスがおやつにスコーンを焼いているので、香ばしい匂いが漂ってくる。

ビッケルが淹《い》れている紅茶の香りもいい感じだ。

やがて本を読むみんなに、エルメスのスコーンとビッケルの紅茶が配られた。

「うーん、最高だな」

「こういうのを幸せっていうんですね！」

俺の言葉にシャオが頷いて言った。

「至福の時間だね」

サシャも紅茶のカップに口をつけながら笑みを浮かべている。

ゆったりとした時間を過ごしていたせいか、本を読んでいるうちに、みんなリビングで昼寝してしまった。


起きた時にはもう夕方だった。

家事組が夕飯の支度のために急いでリビングを片付け始めたので、俺達はそれぞれの部屋にこもる事になった。

先に風呂に入って本祭りの疲れを癒す。

風呂から上がると、夕食ができたようだ。

今日のメニューはささみ梅シソうどん、ちくわとツナの春巻き、あさりと鶏肉のスープ、ピリ辛きゅうりだ。

あっさりしていて良いかもしれない。

そんな事を思いながら、めんつゆを入れる器を並べて、みんなが揃ったところで食べ始める。

「おいしいっ！」

ニーナがうどんを食べて言った。

「さっぱりしてて、美味い……」

「最近は気温の変化で胃もたれしやすいですものね」

ロードの言葉を聞いて、リリーが満足げに頷いた。

「このピリ辛きゅうり美味しいですね」

「でしょ、サク。それ、ステイシーちゃん作よ」

シルビアが答えると、ステイシーは縮こまった。

「いえ、そんな……和えるだけの簡単メニューで……」

ステイシーは相変わらず謙虚だ。

読書祭りの話をして盛り上がりつつ夕飯を食べ終えると、その日は夜が更けるまで、みんな本に熱中した。

次の日、みんなが寝坊したのは言うまでもない。

◇　◇　◇

それからまた数日後――

俺が釣りにでも行こうかと釣り竿とバケツを持つと、ちびっ子戦士ガオガオーのクレオがやって来た。

いやーな、予感……

「エイシャルっ、お馬さんがもんに来てるぞ！」

ガオガオーのクレオは言った。

やっぱりか……

俺は門に足を向け、横の戸口から出る。

「おぉ、制王様！　なんだか、随分門の設備がパワーアップされていますねぇ……！」

そこにいたガルディアの騎士が門を見上げて言った。

「そうそう、危ないやつが攻めてきたら、発砲するから気をつけてくれよ。ところでなんの用？」

「なんでもガルディア王が制王様に頼みがあるらしく……明日の十一時に城に来てほしい、との事でございます」

「またかよ……？」

俺はげんなりして言う。

「ははっ、よろしくお願いします、制王様！　制王様しかおらんのですよ」

そう告げると、ガルディアの騎士は去っていった。

俺は一人ため息をついた。


次の日、俺はウォルルに乗ってガルディア城に向かった。

ガルディアの兵士達は俺達が現れると大きく手を振っていた。

「おぉ、制王様だ！」

「お久しぶりですなぁ！」

適当に挨拶した後、ウォルルを預けてガルディア城に入る。

すぐに、王の執務室に通された。

「制王様、来ていただけたのですね。ありがたや、ありがたや……」

ガルディア王は俺を拝み倒した。

「そんなに拝んだって何も出ませんよ。それより、一体なんの用なんですか？」

「まぁまぁ、ソファにお座りください。順を追ってお話ししますから」

俺はとりあえず言われた通りにソファにかける。

すると、ガルディア王はテーブルに地図を広げた。

ガルディア王国の地図のようだ。

「制王様、ガルディアには大きな川が一本あるのをご存知ですかな？」

ガルディア王の問いに、俺は頷く。

「えぇ、ガール川でしょう？　知っていますよ」

「そのガール川はこのようにガルディア王国を通っているのですよ」

ガルディア王は色ペンで川をマークする。

「はぁ……それがどうかしたのですか？」

「ガール川の下流にガフィアという商業の町があるのですが、大雨が降るとガール川が氾濫《はんらん》して町が水没するのです」

「……まさか」

「一度の水没で金貨千枚もの被害が出るのです！　お願いします！　なんとかしてくだされ！！！」

ガルディア王はそう言ってがばっと頭を下げた。

まあ、いつものごとく断れなかったので、俺は暗い気持ちでその案件を辺境の屋敷に持って帰った。

畑からビッケルを呼び、ガルディア王にもらったガルディア王国の地図を広げてみせる。

「でさ、ほら、ここがちょうど氾濫するらしいんだよ」

「なるほど、ちょうどガフィアの町がある場所ですな？」

ビッケルはふむふむと頷いている。

「何かいい方法ないかな？　大体川の氾濫を防ぐなんて、どうやるんだよ……」

俺がブツクサ文句を言っていると、ビッケルが何か思いついたようだ。

「方法は二つあると思います」

「教えてくれ！」

「一つ目は堤防を作る事です。二つ目はガフィアの少し上流に支流を作る方法ですな」

ビッケルの案は的確に思えた。

というか、なぜこんな当たり前の策を講じなかったんだ、王国は。

「なるほど。ありがとう、ビッケル！　よし、明日ガルディア王に言ってみよう」

さらに翌日、俺は再びガルディア城に向かった。

顔パスで城に入ると、王の執務室に通される。

「おぉ、制王様！　早速、解決策が見つかったのですな！」

ガルディア王は嬉しそうだ。

「えぇ、この川の氾濫を防ぐ方法は二通りあります……」

俺はビッケルが言った二つの方法を説明した。

「うーーーーーん……」

しかし、ガルディア王の表情は暗い。

「どうしたんですか？　何かまずい事でも？」

俺が尋ねると、ガルディア王は気まずそうに口を開く。

「その、堤防やら支流を作るやらは……その……」

「はい。なんですか？」

「……金がかかるのではないですか？」

ガルディア王は俺の顔色を窺《うかが》いながらそう言った。

「そ、そりゃ、かかるでしょうけど……たとえ、金貨二千枚かかったとしても、一度の被害で金貨千枚かかるなら……」

「いえね、制王様ならば、それはそれは素晴らしい、金もかからない解決策を用意してくださるかと……そう、愚考《ぐこう》していたものですから……」

はぁ……⁉

俺はブチギレそうになる。

俺は都合よく、金ももらわず、問題を解決するなんでも屋か⁉

「あのね、そんな都合の良い話どこにあるんですか⁉　とにかく、俺はこの方法しか思いつきませんから！　あとは勝手にやってください！」

俺は地図をテーブルに投げやった。

「そんなぁ、制王様ぁぁ……！」

ガルディア王が情けない声を出すが、そんなの知った事ではない。

俺は腹を立てて、さっさと辺境の屋敷へ帰った。


「おぉ、エイシャル殿！　どうでしたかな？　ガルディア王の反応は？」

ビッケルが農作業の手を止めて尋ねてきたので、俺は怒りながらガルディア王の返事を説明した。

「ほぉ。それは少しエイシャル殿に甘えすぎていますな」

「そうだろう⁉　制王なんて位を与えて、俺の事なんでも屋だと思ってるんだ、絶対。俺はこれ以上の手助けはしないぞ」

それから数日後……

プリティビビアンがやって来て「門の外に馬車がある」と教えてくれた。

俺が渋々戸口から出ると、それはガルディア王の馬車だった。

「制王様、この間は大変失礼をしました。私の態度が横着であった事、心からお詫びいたします……」

ガルディア王が出てきて頭を下げた。

「うん、まぁ、わかってくれれば良いよ……」

「寛大《かんだい》なお言葉ありがとうございます。ところで、やはりガフィアの町を毎年水没させるわけにはいきません。制王様からアドバイスいただいた工事に取りかかろうと思うのですが……」

ガルディア王は言った。

「そういう事なら、俺も少し力を貸します。俺の従魔にアースドラゴンのモグがいます。堤防なら、作れるはずです。だけど、それ以外の作業はガルディア王国にやってもらう。それでどうですか？」

俺は提案した。

「ありがとうございます！　なんとお礼を言っていいやら……」

ガルディア王は何度も頭を下げた。

「まぁ、俺もガルディア国民だしね。今回は特別って事で」


そうして、三日後、川の大工事が始まった。

俺はモグに乗り、川の近くに舞い降りた。

「制王様だ！」

「アースドラゴンを従えておられるぞ！」

工事に従事する兵士達から歓声が上がった。

みんなをいったん下がらせ、俺はモグに土を盛り上げるように指示した。

モグの強力な土魔法によって川に堤防が出来上がっていき、みんなから拍手喝采が起きた。


俺はモグと二日に一回、川の堤防作りに向かった。

やがて立派な堤防が完成し、他の作業も終わろうとしていた。

俺はガルディア王から報酬として金貨三百枚をもらい、とりあえず問題は解決。

そのお金で小松菜やほうれん草などちょっと高い葉をモグの餌として購入して、ねぎらった。

モグはもぐもぐ食べている。

モグだけに……

とにかく、やっとガルディア王のわけのわからない頼み事から解放されて、俺もモグも一息ついたのだった。

みんなには内緒でビッケルにも金貨を渡しておかないとな。

◇　◇　◇

その日、俺がいつも通りスケジュールボードをかけると、みんなはそれぞれの仕事に向かった。

久しぶりに農作業でもしようかと、ビッケルの畑の収穫や水やりを手伝っていると、ギルド組が走って帰ってきた。

「あれ？　まだ、午前中だぞ？」

俺は畑から出て声をかける。

「大変なんだよ、エイシャル！　せ、せ、せ、げほっ！　ごほっ！」

アイシスは咳《せ》き込んでしまった。

「おいおい、落ち着いて話してくれよ」

「大変なのよ！　セントルルアの町が第三魔王軍に襲われているの！」

代わりにサシャが言った。

「なんだって!?」

「町の人はほぼ避難したみたいですが、牙狼団と第三魔王軍は激しい戦闘を繰り広げています！」

「エイシャル、行くでしょ!?」

サクとダリアも珍しく焦っている。

「あぁ……！　セントルルアの町は俺達が助けるぞ。ネレ、モンスター達を引率してくれ！　ジライアはゴーレムを馬車に積んで！　フレイディア！　ヘスティア！　手伝ってくれ！」

俺が次々に指示を飛ばすと、ビッケルが尋ねてくる。

「エイシャル殿、我々は……!?」

「非戦闘員は屋敷に残ってくれ」

「そんな一大事に屋敷に残るなんてできないであります！　我々も行きますよ！」

ラボルドがやって来て言った。

「わ、わかった。じゃあ、怪我人の手当てとかを……そうだ！　倉庫にあるポーションも持っていこう！　ラボルド、ビッケル、馬車の荷台に積んでくれ！」

「「了解！」」

ビッケルとラボルドは走り出す。

シルビア達家事組にはビビアンとクレオの面倒を見るように頼んだ。

俺達はモグやウォルル、ヘスティアやフレイディアに乗ってセントルルアに駆けつけた。

門の前に着くと、中から爆発音や銃声が聞こえる。

「いいか、みんな、よく聞くんだ。第三魔王軍という事は、首謀者は闇落ちパーティ、アゲハだ。アゲハを捕まえればこっちの勝ち。雑魚には目をくれるな。非戦闘員のビッケル達は避難所で怪我人の手当てを頼む。行くぞ！」

戦場と化したセントルルアにゴーレムとモンスターを放ち、俺達も雪崩《なだ》れ込む。

セントルルアの広場では闇落ちパーティと牙狼団が激しく交戦していた。

俺はゴーレムに闇落ちパーティを攻撃するよう指示して、混乱の中をすり抜け、アゲハを探す。

「エイシャル！」

ゲオが返り血に染まりながら剣を持ち、路地を駆けていた。

「ゲオか！　戦況は!?」

俺が尋ねると、ゲオはいつになく緊迫した表情で告げる。

「互角だが、闇落ちパーティは回復役も多い。長期戦になれば、こちらが不利だ」

ゲオはそう言って、風竜を呼び寄せた。

「乗れ！　空から探した方が早いはずだ！」

俺はゲオと一緒に風竜の背に乗る。

風竜は翼をはためかせ、空に駆け上がった。

魔竜が数匹飛んでいるが、アゲハの姿はない。

「どういう事だ……？　なぜ、アゲハがいない……？」

ゲオが呟く。

「いや、やつらは必ずこの町の中に……ん？」

「どうした……？」

俺はゲオの問いに答える。

「あの広場……変だな。さっきまで互角だったのに、牙狼団が段々倒れて……」

「……！　狙撃だ！　どこか高い建物から魔法か銃で狙撃している……」

「「時計塔だ！！！」」

俺とゲオは同時にそう言うと、急下降して、時計塔の頂上に降りた。

アゲハのメンバーと思《おぼ》しきやつらが笑いながら、魔法や銃を撃っていた。

「二対六だぞ？　イケるか？」

「すぐにジライア達が来るはずだ！　やってみるさ！」

俺はゲオにそう答えて、時計塔に入った。

すぐにアゲハは俺達に気付いた。

「はっはっはっ！　舐《な》められたもんだぜ！　たった二人でここに来るとはな！　殺《や》れ！」

リーダーらしき男が仲間に指示する。

くそ、三人相手か……

やばいかもな。

そう思ったその時、フレイディアとヘスティアが壁をぶち破って時計塔の最上階に入ってきた。

「フレイディア！　ヘスティア！」

二人が心強くて、俺は泣きそうになった。

『全く、エイシャルは無謀ね』

フレイディアはそう言って、氷の大剣を作り出した。

『主人、さすがに二対六は無理だぞ？』

ヘスティアが溶岩の斧――マグマアックスを構える。

「よし、行くぞ、みんな！　この町を守るんだ」

俺も魔死神剣を構え直した。

こちらの人数が増えた事を知り、急にアゲハは真剣な表情になった。

ゲオ、フレイディア、ヘスティアの強さは千羽との戦いを通して、向こうも知っているはずだ。

アゲハのメンバー達が次々と武器を構え、俺達四人を囲む。

そして、一発の銃声を合図に戦いが始まった。

俺はアゲハのメンバーの一人である男と対峙する。

そいつは曲刀を持っていた。

「俺の名はレジア……墓場に刻むんだな！」

「俺はエイシャルだ。お前の最後の敵の名前だ、覚えとけ」

「ふん、来いよ！」

レジアは曲刀をくるりと一回転させて言った。

俺は魔死神剣を上段に構えて斬りつける。

だが、曲刀に受け流され、弾き返される。

どうやら、レジアは俺の力を利用したらしい。

俺の剣を返した反動で体勢を崩《くず》したかと思うと、その力さえ利用してくるりと回転し、斬りつけてくる。

「ガ……！」

俺は腕を斬られた。

くそ、このふにゃふにゃ野郎。

物理攻撃が効かないなら……

俺は炎神を召喚しようとする。

しかし、そのわずかな隙《すき》にもレジアが激しく斬りつけてきて、とても召喚できない。

ダメだ、このままじゃジリ貧だ……

その時、レジアの腕に矢が刺さった。

この氷の矢は……サシャ！

「貸しだよ！」

「サンキュー！」

俺は一瞬の間に炎神を召喚して、レジアに放った。

炎神は咆哮《ほうこう》を上げて、レジアの身体を持ち上げ、時計塔の壁に激突させた。

レジアは気を失って床に倒れる。

俺は急いで魔法手錠をかけた。

周りを見ると、フレイディアやヘスティア、そしてゲオもアゲハの面々を捕らえている。

ゲオが魔法銃を取り出し、青い砲弾を天に放った。

牙狼団勝利の合図だ。

すると、広場でも牙狼団と制王組が盛り返し、第三魔王軍の残党を次々と捕まえていた。

「エイシャル、お前らの事、見直した……悪かったな、散々悪い事を言って……」

ゲオは軽く頭を下げ、右手を差し出した。

俺はその右手を握り返し、言った。

「まだ、戦いは終わっていない。サイコや魔王を倒してないいんだ。最後まで……共に戦おう」

「あぁ……そのつもりだ……」

「私達、下で残党退治してくる」

サシャが俺に声をかけた。

「あ、俺も……」

俺が言いかけると、フレイディアが止める。

「エイシャルは傷だらけの体を治してからにしなさいよ」

確かに、至るところが痛い。

ポーションを取り出してゲオに渡してから、自分も回復する。

そして、それぞれ風竜とウォルルに乗って、セントルルアの町に残党狩りと勝利を宣言しに行った。


町は瓦礫《がれき》の山になってしまったが、住民に怪我人はほとんどいなかった。

残党を牢屋に入れた後、セントルルアの人々を町に呼び戻した。
ガルディア王国はしばらくの間はセントルルアの復興に力を入れるとの事だ。
俺は国王への報告などを済ませた後、家事組と子供達の待つ、辺境の屋敷へと帰った。

The Record by an Old Guy in the world of Virtual Reality Massively Multiplayer Online

とあるおっさんのVRMMO活動記 1～27

椎名ほわほわ
Shiina Howahowa

アルファポリス 第6回 ファンタジー小説大賞 読者賞受賞作!!

累計150万部突破の大人気作
(電子含む)

ついにTVアニメ化決定!!!

コミックス 1～10巻 好評発売中!

超自由度を誇る新型VRMMO「ワンモア・フリーライフ・オンライン」の世界にログインした、フツーのゲーム好き会社員・田中《たなか》大地《だいち》。モンスター退治に全力で挑むもよし、気ままに冒険するもよしのその世界で彼が選んだのは、使えないと評判のスキルを究める地味プレイだった！
——冴えないおっさん、VRMMOファンタジーで今日も我が道を行く！

1～27巻 好評発売中!

各定価：1320円（10%税込） illustration：ヤマーダ

漫　画：六堂秀哉 B6判
各定価：748円（10%税込）

アルファポリスHPにて大好評連載中!

アルファポリス 漫画 検索